MAITRE

GUILLAUME

DU MÊME AUTEUR

———

LA BALLE D'IÉNA,

1 vol. in-12 . . . . 2 fr.

C. Blériot, libraire-éditeur, 55, quai des Grands-Augustins
à Paris.

267. — Abbeville. — Typ. et stér. Gustave Retaux.

MAITRE

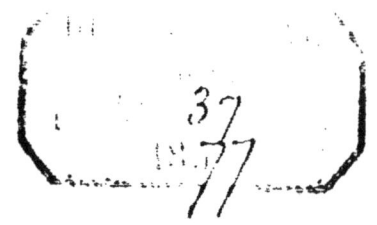

GUILLAUME

PAR

CHARLES DESLYS

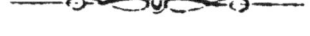

PARIS

LIBRAIRIE CH. BLÉRIOT, ÉDITEUR

55, QUAI DES GRANDS-AUGUSTINS, 55

1877

MAITRE GUILLAUME

I

COMMENT IL ARRIVA

Un voyageur, que le train venait de laisser à
la station voisine, gravissait à pied la côte du sommet de laquelle on découvre tout à coup la vallée,
le village.

Il n'avait guère plus de vingt ans. Il n'était ni
grand ni petit, ni beau ni laid. Rien d'un héros de
roman.

Mais sa physionomie plaisait par une expression
de droiture, de franchise, de bonne humeur et de
vraie jeunesse. Sur son front, largement découvert
on devinait l'intelligence ; dans ses yeux vifs et
doux, la tendresse et la volonté.

Bien que son costume fût des plus modestes,

1

et toute sa personne à l'avenant, il semblait heureux de vivre et de cheminer ainsi, d'un pas leste et fier, au printemps de l'année, au printemps de la vie. Le grand air qui fouettait ses cheveux bruns, les parfums de la campagne, l'aspect de la libre nature, tout l'enchantait, l'enivrait.

Arrivé sur le plateau, il fit halte, et contempla l'immense horizon qui se déroulait devant lui.

Au fond de la vallée serpente une large rivière. Des peupliers, des saules s'alignent ou se groupent harmonieusement sur les îlots, sur les rives. Le village éparpille au bord de l'eau ses jardins et ses chaumières. A droite, ce sont de vastes prairies ; avril les avait émaillées de pâquerettes. A gauche, sur les coteaux, des cultures, des vignobles, des bouquets de bois. Vers les hauteurs, la lisière d'une grande forêt se perd dans les nues.

Toute cette perspective, verdoyante, fleurie, resplendissait et souriait, humide encore de rosée, sous les premiers rayons du soleil.

« Un beau pays ! murmura l'arrivant, j'ai de la chance ! »

Et, plus lestement encore, il se remit en marche.

Il traversa le pont, s'engagea dans la grande rue du village.

Quelques femmes jacassaient autour du lavoir ;

elles relevèrent la tête au bruit des pas du jeune
voyageur et le regardèrent avec une curiosité en-
gageante. Un peu plus loin, le maréchal-ferrant
arrêta le soufflet de sa forge et s'avança quelque
peu comme pour lui souhaiter la bienvenue. Plus
loin encore, un jeune garçon qui conduisait quelques vaches le salua d'un grand coup de bonnet.
L'étranger rendit le salut comme il avait rendu les
sourires, mais cette fois encore il passa outre. Il
était de ceux qui, bien qu'en pays inconnu, aiment
à chercher et à reconnaître par eux-mêmes le
but où tend leur voyage.

Vers l'autre extrémité de la commune, une
grande masure enfoncée en terre parut fixer enfin
son attention.

A travers la fenêtre plus large que les autres et
béante au ras du sol, on apercevait, dans l'intérieur, des tables, des bancs, une chaire et, contre
les murailles, quelques-uns de ces grands ta-
bleaux, cartes de géographie, d'alphabet, de calcul,
comme on en rencontre dans les écoles primaires.

« C'est ici ! » murmura le jeune homme avec
une certaine émotion.

Dans la salle d'étude, pas un écolier... personne.

Devant la porte voisine, une voiture à bras était
arrêtée.

Deux hommes sortaient de la maison, portant une commode de bois blanc, qu'ils posèrent sur la petite charrette.

Puis l'un d'eux, s'essuyant le front du revers de la main :

« Pauvre femme ! dit-il, je n'aurais pas cru que ça la désolerait ainsi...

— Dame ! répondit l'autre, huit jours après la mort de son mari, quitter la maison que l'on habitait depuis trente ans...

— Avec ça qu'elle n'est pas riche, reprit son compagnon. Cinquante écus de retraite, à ce qu'on dit... Et pas de famille !... pas d'enfants !.. Elle reste toute seule... c'est bien triste ! »

Le jeune homme avait tout entendu. Il s'était approché, il demanda :

« De quoi parlez-vous donc, mes amis ?

— Eh ! de la Simonne... de la veuve à défunt maître Simon, l'ancien instituteur. Le nouveau arrive aujourd'hui... Pour lui céder la place, il faut bien que la pauvre femme déguerpisse.

— Attendez ! » fit le jeune homme.

Et, sans s'expliquer davantage, il entra dans la maison.

La salle basse était encombrée par le déménagement. Déjà les ustensiles de ménage, décrochés de la muraille, remplissaient une grande manne d'osier. Sur le bahut, dont l'armoire était vide, on voyait les faïences descendues de l'étagère. A terre, de la paille.

Du côté opposé à l'école, au-dessus de quelques marches, une porte était ouverte, celle de la chambre à coucher, ou plutôt, comme on dit simplement, la chambre. Il s'en échappait un bruit de sanglots.

L'inconnu, de plus en plus ému, s'avança sans bruit.

Une femme d'une cinquantaine d'années, vêtue de deuil, très-pâle et tout en pleurs, se tenait auprès de la fenêtre, sur l'appui de laquelle, dans une cassette, elle rangeait quelques menus objets, ses plus chères reliques.

Il était facile de reconnaître en elle la veuve de l'instituteur.

Sous ses mains tremblantes, une photographie encadrée se rencontra, sans doute le portrait du défunt.

Elle y colla ses lèvres. Puis, s'adressant à l'image de celui qui n'était plus, elle lui dit :

« Nous aurions dû partir ensemble, mon pauvre ami !... mon bon Simon !... La mort n'est cruelle que parce qu'elle sépare... Ah ! si c'était pour aller te rejoindre au cimetière, va, je ne me plaindrais pas de quitter cette maison... Notre maison..

où nous avons vécu si heureux... où je voudrais à mon tour mourir ! »

Et, serrant le portrait dans la cassette, avant de la refermer, elle se laissa tomber à genoux, la tête dans ses deux mains, sanglotant et priant.

Elle ne voyait pas encore l'étranger.

Il l'avait examinée, lui. Sur le visage de cette pauvre femme, dans toute sa personne, dans sa douleur même, on devinait l'honnêteté, la bonté.

Le jeune homme fit quelques pas, un peu de bruit, et comme elle remarquait enfin sa présence :

« Madame, dit-il, excusez-moi... mais il faut suspendre tous ces préparatifs.... Vous ne partirez pas.

— Comment ! fit-elle toute surprise, mais qui donc êtes-vous, Monsieur ?

— Je me nomme Guillaume, et je suis le nouveau maître d'école. »

Elle se releva toute confuse, et tandis qu'elle essuyait avec précipitation ses larmes :

« Le successeur de mon mari ! dit-elle, c'est moi qui vous demande pardon, Monsieur.... Déjà la maison devrait être libre... elle le sera dans un instant....

— Ne m'avez-vous donc pas entendu ?... reprit-il avec douceur. Je sais que ce départ vous afflige comme un exil, et que vous n'avez plus de parents, pas d'amis.... Moi aussi, je suis sans famille. Il me faut quelqu'un qui tienne ma maison.... Si nous y restions tous les deux ?

— Ici !... balbutia-t-elle comme croyant rêver, mais c'est impossible....

— Oh ! fit-il, vous garderiez cette chambre... votre chambre. Il y a bien là-haut quelque mansarde....

— Oui... celle du fils que nous avons perdu.... Il aurait maintenant votre âge....

— Eh bien !... puisque je remplace le père auprès des enfants du village, auprès de vous je remplacerai le fils.... Je n'ai plus de mère, madame Simon.... Soyez ma mère ! »

Il lui tendait les bras.

Et cela si simplement, avec une générosité si touchante, si irrésistible, qu'elle se laissa tomber sur sa poitrine en murmurant :

« Ah !... Monsieur !... mon enfant... comment jamais reconnaître....

— En m'appelant votre enfant, répondit-il, ainsi que vous venez de le faire déjà. Songez donc, j'étais seul au monde.... Mais c'est moi, bonne mère, qui vous devrai de la reconnaissance et du dévouement !... »

Puis, essuyant ses yeux, car il pleurait aussi,

Guillaume reprit le ton d'enjouement qui lui était naturel :

« Allons ! c'est convenu, c'est arrangé. Je vais envoyer les déménageurs quérir ma malle au chemin de fer. »

Effectivement, il repassa dans la salle, et leur dit :

« Madame Simon reste avec moi ; c'est moi qui suis le nouvel instituteur. Remettez ici tout en place et partez avec votre charrette pour la gare ; voici mon bulletin de bagages. »

Les deux paysans ne se le firent pas répéter deux fois. Après avoir félicité le jeune maître d'école et la pauvre veuve de leur bienheureuse entente, ils prirent le chemin de la station, mais non sans colporter au passage cette grande nouvelle par toute la commune.

Déjà la Simonne s'inquiétait de ce que pouvait souhaiter Guillaume.

« Pour le moment, dit-il, une brosse, une serviette et de l'eau fraîche afin de me mettre en état de rendre mes visites officielles... à M. le curé, à M. le maire. »

Et, d'un pas joyeux, il grimpa dans sa mansarde.

C'était une petite pièce très-proprette, d'où l'on découvrait les prés, un coude de la rivière, et, plus loin, les bois: tout un charmant paysage.

« Vivat ! se dit Guillaume, je serai ici comme un roi ! »

Quelques minutes plus tard, » il redescendit, alerte, frais et souriant.

« A ce soir, ma mère, dit-il à la Simonne.

Elle lui répondit :

« Dieu soit avec toi, mon enfant... ton début dans ce pays doit te porter bonheur ! »

II

VISITES OFFICIELLES

Le maire se nommait Martin Fayolle, un culti-
vateur.

Guillaume entra dans sa ferme et demanda s'il
était visible.

« Il vient de rentrer des champs, répondit une
fille de basse-cour, mais je crois bien qu'on va se
mettre à table. »

Déjà l'instituteur se retirait, après avoir dit son
nom, sa qualité, lorsqu'un gros homme à la mine
épanouie et rougeaude, aux cheveux rares vers le
front, grisonnant sur les tempes, apparut tout à
coup sur le seuil et lui cria :

« Entrez !... mais entrez donc, monsieur le
maître... maître Guillaume, n'est-ce pas ?... J'étais
avisé de votre venue, j'ai déjà eu connaissance de
votre brave conduite vis-à-vis de la Simonne....

Et jarni ! ça vaut bien une grillade arrosée d'un verre de bon vin.... »

Puis, se retournant vers l'intérieur :

« Entends-tu, la Nanon ! maître Guillaume déjeune avec nous.... Un troisième couvert.... Remets saucisse et boudin sur la braise... descends à la cave et remonte-nous du meilleur ! »

Ces cordiales paroles ne s'étaient pas dites sans quelques rudes poignées de main.

En vain, Guillaume voulut décliner l'honneur de cette invitation à brûle-pourpoint.

Martin Fayolle ne comprenait pas les façons. Poussant l'instituteur par les deux épaules, il le fit entrer, il le fit asseoir.

Déjà la Nanon disparaissait, après avoir mis le troisième couvert.

Ce couvert, ainsi que celui qui lui faisait face et devant lequel s'attablait l'amphitryon campagnard, se composait d'une serviette grossière, d'un verre des plus communs, d'une fourchette en fer battu. Mais au beau milieu de la table, à la place d'honneur, fine toile dans un rond brodé de perles, joli couteau à manche de nacre, timbale et couvert d'argent.

« C'est probablement pour la maîtresse de la maison ? pensa Guillaume.

— Faisons connaissance, dit M. le maire. Je ne

suis pas un méchant homme, vous verrez ! Guère
d'éducation... mais un peu de bon sens... beaucoup de bonne volonté. Quand une chose me
semble juste, il faut que ça soit, voilà tout !... On
vous insinuera peut-être que Martin Fayolle est un
vaniteux, un tyran, un richard... Rabattez-en de
moitié, sinon des trois quarts. Le fait est qu'ayant
eu dans ma vie un grand chagrin, pour m'étourdir
j'ai travaillé, j'ai gagné... »

En ce moment, la Nanon rentra.

C'était une femme jeune encore, un peu rousse,
l'œil voilé, la figure énergique et sombre. Bien
qu'habillée en paysanne, elle avait un tel air d'aisance et de commandement que Guillaume crut
voir en elle la femme du maire.

« Madame Fayolle ?... demanda-t-il en se le-
vant pour lui rendre honneur.

— Eh ! non, repartit le bonhomme Martin,
c'est la Nanon, notre servante... Mais pas servante comme une autre, oui-da !... Depuis bientôt quatorze ans que je suis veuf, c'est elle qui a
la haute main dans la ferme. On lui obéit comme
à moi-même, et moi-même parfois je prends son
conseil. Mon premier ministre, quoi !... mon in-
tendante... Mais en tout bien tout honneur, jarni !
Nanon est une honnête fille... Avec ça, dili-
gente et dévouée comme pas une ! Elle nous

aime bien...» Pas vrai, Nanon, que tu nous aimes ?

Toute honteuse de cet éloge, la tête basse, les sourcils rapprochés, Nanon ne répondit que par quelques mots inintelligibles, sans même regarder son maître. On eût dit qu'elle était impatiente, qu'elle souffrait de l'entendre parler ainsi.

Mais tout à coup sa physionomie se transfigura comme par enchantement.

Dans le fond de la salle, une porte vitrée venait de s'ouvrir.

Une enfant, une fillette entra.

« Ah ! s'écria joyeusement Nanon, voilà Gratienne ! voilà la petite ! »

Sur la physionomie de Martin Fayolle, même joie, même orgueil.

« Je vous ai parlé de mon chagrin, dit-il à l'instituteur, voici ma consolation... C'est ma fille ! »

Il avait pris l'enfant sur ses genoux ; il l'embrassait.

« Mais laissez-la donc déjeuner ! se récria la Nanon. Viens ! viens, Gratienne... ma Gratienne.. Assieds-toi là... que je te mette ta serviette... Es-tu bien ?... Te sens-tu de l'appétit ?... Que te manque-t-il ? »

Elle l'installait à la place d'honneur, devant le beau couvert, comme une jeune reine, et la câlinant, l'embrassant à son tour, elle lui témoignait non moins d'affection que le père lui-même.

Il en fut presque blessé, presque jaloux.

« Ne dirait-on pas qu'elle l'aime autant que moi ?... s'écria-t-il. Allons, c'est assez ! sers-lui vivement sa côtelette, et bien saignante, comme a dit le médecin. Elle avant tout ! Pas vrai, fillette?»

Gratienne souriait, mais par complaisance plutôt que par gaieté réelle. C'était une jeune fille de treize à quatorze ans, fatiguée par une croissance trop rapide. On la surnommait la Pâlotte. Une enfant maladive et frêle.

Son père ne la quittait pas des yeux.

« Excusez-moi, maître Guillaume, dit-il. Vous comprendrez un jour ces choses-là. Sa pauvre mère est morte au moment de sa naissance. On ne l'a pas oubliée dans le pays... Elle était si bonne! et si belle !... Bien supérieure à moi, d'ailleurs, et bien plus jeune. Je m'étais marié sur le tard. Donc, une amitié plus grande et des regrets plus amers... Sans l'enfant, j'en serais mort... et je n'ai jamais voulu reprendre femme, oh ! mais non !... Son image est toujours là !... je n'ai qu'à fermer les yeux pour la revoir, comme en rêve !»

C'était la troisième fois depuis un instant que Martin Fayolle revenait à ce souvenir. Sous ses paupières closes on sentait une larme prête à tomber.

Dans ces rustiques natures, lorsqu'une lueur de poésie, un rayon a pénétré jusqu'au fond du cœur et que la mort est venue brusquement l'éteindre, il y reste comme la réminiscence d'un paradis perdu.

Du reste, ce ne fut qu'un éclair. La nature joviale de Martin Fayolle reprit vivement le dessus. Se secouant ainsi qu'un plongeur qui sort de l'eau, il s'efforça de sourire, il s'écria :

« Ah ! çà, mais qu'est-ce que j'ai donc ce matin ?... Arrière la mélancolie !... Faut pas attrister la petite. A votre santé, maître Guillaume ! »

Et le repas commença, servi par la Nanon qui, silencieuse, empressée, s'occupait surtout de l'enfant. Gratienne aussi se taisait, intimidée par la présence d'un inconnu. Cependant son père s'évertuait à la mettre en joie :

« Elle se familiarisera bientôt avec vous, maître Guillaume, dit-il, car j'entends que ce soit une de vos élèves... Et des leçons particulières, s'il vous plaît ! Je veux qu'on m'en fasse une savante, une demoiselle... Ma seule ambition, c'est celle-là !... Mais dites-moi, vous avez visité la maison d'école et le logis de l'instituteur... En êtes-vous satisfait ?... Parlez franchement, j'aime la franchise...

— Quant à moi, répondit le jeune homme, je suis toujours content. Mais la classe laisse à désirer, ce me semble.

— Oui, oui, je sais... Une vieille bicoque en contre-bas du sol et guère élevée de plafond. L'inspecteur assure même que c'est contraire aux règlements. Mais que voulez-vous, la commune est obérée. Rien à faire pour le quart d'heure.

— Pas même un simple nettoyage? sollicita Guillaume, et par la même occasion on reblanchirait à la chaux les murailles.

— Vous allez nous ruiner !... fit le maire. Enfin pour votre bienvenue, accordé! Seulement il nous faudra quelques jours avant de rouvrir l'école...

— Je m'en arrangerai, merci. »

Au dessert, après avoir servi le café, Nanon emmena la Pâlotte.

« Au sortir de chez moi, dit le maire, ne comptez-vous pas aller à la cure ?

— C'est mon intention, répondit Guillaume.

— Eh bien, un petit verre de cognac... et je vous y conduis moi-même. Nous sommes une paire d'amis, M. le curé et moi... Un digne et saint prêtre, qui donne tout aux indigents ! Avec ça du savoir et de l'esprit... Du reste, vous en jugerez vous-même. En route ! »

Et l'on partit.

Le presbytère s'élevait non loin de l'église, au penchant du coteau. C'était une simple maisonnette de paysan. Un demi-arpent de terre très-bien cultivée l'entourait.

« Gageons, dit le maire, que nous allons trouver l'abbé Denizet à son jardin ? Oh ! oh ! le jardin de M. le curé, c'est tout son plaisir, c'est tout son luxe !... Un horticulteur premier numéro ! Tenez, n'avais-je pas raison ?... Le voici devant son espalier, le sécateur en main. Il taille sa vigne et ne nous aperçoit même pas. Entrons sans bruit... Passez devant. »

L'instituteur pénétra dans le jardin.

Les allées soigneusement ratissées, les plates-bandes où ne se voyait pas une mauvaise herbe, mais déjà quelques jeunes plantes disposées avec art, les arbustes verdissants, de beaux arbres fruitiers en pleine fleur, tout attestait le dire de M. le maire, tout semblait fêter à l'envi cette douce et radieuse journée de mai.

Enfin, le curé jardinier se retourna.

C'était un petit vieillard alerte, dispos, souriant. Pour agir plus à l'aise, il avait relevé dans sa ceinture tout un pan de sa vieille soutane, outrageusement déteinte et râpée. Rien qu'à la voir, on devinait sa charité. La bonté se lisait sur son visage. Il avait les cheveux blancs comme neige.

Dès les premiers mots de Martin Fayolle, il l'arrêta net :

« Inutile de me présenter M. Guillaume, je le connais. En voulez-vous la preuve? Il a fait d'excellentes études au petit séminaire, et vient de sortir le premier de l'école normale. Tout autre à sa place eût aspiré très-haut. S'il se dévoue à l'instruction primaire, c'est par vocation. L'École, ainsi que l'Église, en inspire. Donnons-nous donc la main, mon jeune ami, nous sommes faits pour nous entendre. »

Puis, sans laisser à Guillaume le temps de répondre :

« Ce n'est pas tout, permettez que j'achève. En tant qu'instituteur, maître Guillaume aurait pu choisir pour quelque grosse et riche commune. Mais, impatient d'être utile, il a pris la première place venue, la seule qui se trouvât vacante, notre humble et pauvre village. Il faut lui en savoir gré, monsieur le maire, et cordialement accueillir ce brave garçon-là !

— C'est déjà fait, monsieur le curé, répondit l'instituteur, à la mairie comme au presbytère... et j'en suis profondément touché, croyez-le bien.

— Bravo ! s'écria le vieux pasteur, Martin Fayolle a du bon. Aussi, je ne veux pas qu'il me prenne pour un sorcier, ni vous non plus, jeune homme. Sachez que tous ces détails vous concernant m'ont été donnés par une lettre reçue ce matin même.... de l'abbé Guérin, l'un de vos professeurs et de mes vieux amis.

— Il m'a trop flatté, répondit Guillaume, mais j'espère que, suivant sa promesse, il m'aura laissé le plaisir de vous annoncer moi-même la réalisation de votre souhait le plus cher.

— Quel souhait ?

— N'est-il pas une chose, monsieur le curé, que vous désirez ardemment, une chose pour laquelle vous vous étiez adressé à l'abbé Guérin?

— Ah ! oui, je comprends.... L'orgue-harmonium. J'avais envoyé toutes mes économies, quelques offrandes... y compris celle de M. le maire. Mais, hélas! nous étions encore loin de compte. Il nous faudrait du crédit.

— Ce crédit vous est accordé, répondit Guillaume. L'abbé Guérin en fait son affaire; l'harmonium arrivera demain.»

Le curé leva les yeux au ciel et joignit les mains avec une pieuse reconnaissance, avec une joie d'enfant.

Mais, se refroidissant tout aussitôt :

« L'orgue, reprit-il, c'est bien quelque chose ; mais l'organiste ?

— Je suis un peu musicien, dit l'instituteur.

— Vivat ! s'écria le curé ; ce n'est pas seulement un maître d'école qui nous arrive, c'est encore un maître de chapelle !... Notre modeste église aura maintenant plus d'attrait ; j'aurai peut-être la joie d'y ramener enfin les indifférents, les récalcitrants.... Il en est... vous le verrez, mon jeune ami, il en est pour la maison d'école tout comme pour la maison du bon Dieu.

— Nous les ramènerons, monsieur le curé, dit Guillaume avec une vaillante confiance. L'école est le chemin de l'église. Mais, dites-moi, je croyais pouvoir compter sur tous les enfants du pays.

— Tous ! murmura le prêtre en hochant la tête.

— Mettons les deux tiers, dit le maire, et ce sera déjà bien joli.

— Je ne trouve pas, répondit l'instituteur qui devenait pensif. Pourquoi le tiers des écoliers me ferait-il l'affront de ne pas venir à moi ?

— Dame ! expliqua Martin Fayolle, il y a d'abord les parents malintentionnés, comme mon adjoint

Legrip, qui prétend que c'est du temps perdu. Puis les enfants des hameaux éloignés. Enfin, les pauvres.

— Est-ce que, pour ceux-là, l'instruction n'est pas gratuite? se récria le maître d'école.

— Si fait, dit le maire, mais il y a de l'insouciance, de la mauvaise volonté.

— Malheureusement! fit Guillaume.

— Pour qu'un enfant s'instruise, continua Martin Fayolle, il reste encore un tas de frais accessoires: le papier, les plumes, les livres.

— Mais la commune!...

— La commune est pauvre elle-même... Et je vous accorde déjà des réparations... »

L'instituteur ne put s'empêcher de sourire.

« Ce n'est pas le Pérou, d'accord! reprit le maire, mais mon conseil municipal est dur à la détente. Il n'est si mince budget qu'on ne fasse passer sans peine. Aussi ne me demandez plus rien. A moins de ressources extraordinaires, introuvables....

— On peut en chercher, répliqua le jeune instituteur, qui ne se décourageait pas facilement... M. le curé aura bien son orgue!... »

L'abbé Denizet, à quelques pas de là, échenillait un rosier.

Il se recula tout à coup, chassant du geste un

vol bourdonnant d'insectes qui menaçaient son visage.

« Encore ces maudits hannetons! s'écria-t-il. Jamais je n'en ai tant vu que depuis deux jours !

— Malheur ! dit le maire, tout sera dévoré par les mans.

— Si c'est ainsi que vous appelez les larves du hanneton, répliqua le maître d'école, vous avez raison, monsieur le maire... et vous aussi, monsieur le curé, car c'est la période triennale d'une reproduction exceptionnelle.

— Mon pauvre jardin ! murmura l'horticulteur, en regardant avec désolation ses arbres fruitiers, ses légumes et ses fleurs.

— Jarni ! maugréait le fermier, nos champs avaient une si belle apparence !... Voyez plutôt ces blés, ces prairies? Satanés hannetons, c'est comme un fléau !... Et quand on pense que rien ne peut nous en garantir !... Rien !

— Si je vous en délivrais, proposa tout à coup l'instituteur, me donneriez-vous des livres pour les enfants pauvres ? »

Également surpris, le maire et le curé le regardèrent, croyant qu'il plaisantait.

« C'est très-sérieux, poursuivit-il. Déjà, dans quelques départements, le préfet autorise les

communes à allouer dix centimes par chaque kilogramme de hannetons qu'on aura recueillis pour
les détruire... et ce n'est guère que la valeur de
l'engrais qui en résulte.

— Mais comment ?...

— C'est mon secret, dit Guillaume avec un
sourire. Je vous le dirai demain, lorsque vous
viendrez, comme je l'espère, présider à mon
installation.

— Nous n'aurions garde d'y manquer, répon-
dirent-ils.

— A demain donc, Messieurs... à demain ! »

Le lendemain, devant la maison de l'instituteur,
on voyait encore la petite charrette à bras ; mais
elle était remplie cette fois de grandes gaules, de
sacs et de paniers vides.

Aux abords et dans l'intérieur de l'école, déjà
bourdonnait l'essaim tapageur des écoliers et des
écolières ; le village n'avait pas encore d'école
spéciale pour les filles.

Bientôt arrivèrent le maire et le curé, présentant le nouvel instituteur.

On s'était assis sur les bancs, on fit silence,
on écouta.

M. le curé commença par un petit discours de
circonstance.

III

EN CHASSE

M. le maire dit ensuite quelques paroles. Enfin, maître Guillaume prit place dans sa chaire.

C'était la première fois qu'il se sentait revêtu d'un caractère officiel, la première fois qu'il parlait devant un auditoire d'enfants. Il était très-ému, presque intimidé. Mais rien qu'à voir son maintien modeste et digne, sa figure juvénile encore et d'une expression si sympathique, la classe tout entière applaudit d'avance.

Enhardi par cet encouragement, il s'exprima ainsi :

« Mes enfants... permettez-moi dès aujourd'hui ce nom... mes chers enfants, je débute par une bonne nouvelle, et vous annonce, comme bienvenue, quatre jours de vacances. »

Il y eut une explosion de vivats et de bravos.

« Ce n'est pas moi qu'il faut remercier, reprit l'instituteur, c'est M. le maire, qui veut bien, pendant ce temps, réaliser ici quelques améliorations urgentes. Quant à moi, je ne vous tiens pas quittes, et vous enrôle séance tenante pour une œuvre utile, mais dont vous vous amuserez fort. Il s'agit d'une chasse, d'une guerre que nous allons entreprendre ensemble et qui ne sera pas sans profit pour vous, ni sans gloire.»

Le maire et le curé échangèrent un regard, ils avaient compris.

Mais les enfants ne comprenaient pas encore ; ils ouvraient à la fois les yeux, la bouche et les oreilles.

« Je m'explique, dit Guillaume, écoutez-moi bien... (*Marques d'attention sur tous les bancs.*) Des ennemis innombrables et dévastateurs menacent votre pays, ses vergers et ses champs. Ces ennemis, inoffensifs en apparence, ce sont des insectes. Si j'avais affaire à des savants, je dirais des coléoptères de la famille des lamellicornes. Mais vous les connaissez sous un nom plus vulgaire. Ils vous sont familiers. Ce matin même, certains d'entre vous sont peut-être venus à l'école en faisant voltiger un de ces maraudeurs au bout d'un fil attaché avec sa patte. »

Tout aussitôt, vingt cris se firent entendre à la fois :

2

« Les hannetons !... les hannetons !

— Vous les avez nommés ! fit l'instituteur. Mais gardez-vous d'en rire. On se méprend sur leur compte ; je vais vous le prouver à l'instant. Quand le hanneton paraît, c'est pour détruire ; quand le hanneton disparaît, c'est pour détruire encore, détruire toujours. Depuis hier, ils ont fait irruption de toutes parts ; vous les voyez dans l'air et sur les arbres, dévorant la feuille et le bourgeon, dévorant en germe la fleur et le fruit. Dans huit jours, — et vous allez dire avec moi que nous n'avons pas de temps à perdre, — ils déposeront en terre des myriades d'œufs d'où sortiront des myriades de larves ou gros vers blancs...

— Les mans ! les mans ! interrompit pour la seconde fois l'auditoire.

— Très-bien ! approuva Guillaume, nous nous entendons déjà. Ces mans, ces vers rongeurs, pourvus de mâchoires tranchantes, se répandent dans le sol, s'attaquent à toutes les racines et tuent toutes les plantes. Si vous voyez la prairie jaunir, c'est qu'ils sont là ! Si le seigle et le blé dépérissent, si la vigne et les pommiers sont en souffrance, quelle en est la cause ? Qui les empêche de venir à bien ? Eux encore ! eux toujours ! Les hannetons ! les mans ! Il y a surtout des années terribles où ces dévastateurs sont encore plus nombreux ; nous sommes dans une de ces années-là. Pas de fourrages ni de légumes ! Adieu la vendange et la moisson ! Il faut que les pauvres gens boivent de l'eau. Le pain est cher. Une calamité publique. Parfois même c'est la disette, c'est la famine. (Sensation prolongée.) Ah ! ah ! vous commencez à comprendre qu'au lieu de rire et de s'amuser des hannetons, il faut les combattre ! il faut les anéantir !

— Oui ! oui ! » s'écrièrent à la fois gamins et gamines, tous impatients déjà d'entrer en campagne.

Mais Guillaume n'avait pas encore tout dit. Calmant du geste ses futurs soldats, il conclut ainsi :

« Il y a de grands chasseurs qui traquent les bêtes fauves ; on organise des battues contre les renards, les sangliers et les loups. C'est très-bien de tuer les loups... mais il faut aussi détruire les hannetons ! (Oui ! oui ! tous ! à l'instant !) A qui doit en revenir l'honneur ? (A nous ! à nous !) Vous l'avez dit, aux enfants des villages, à vous, mes enfants ! Il y a de grands louvetiers ; je vous nomme tous grands hannetonniers ! En chasse ! en chasse ! »

L'enthousiasme était à son comble. Tout l'auditoire s'était levé, agitant les bras, poussant des acclamations, demandant des armes.

Le maître d'école parvint à rétablir le silence et répondit :

« Tout est prévu ! J'ai là mon arsenal, et pour une guerre d'extermination. Cependant, ce ne sont pas des canons, ni des fusils, ni des chassepots, mais tout simplement des bâtons et des gaules... voire même des sacs et des paniers ; car, j'oubliais de le dire, monsieur le maire nous achète notre gibier. N'est-ce pas, monsieur le maire ? (Martin Fayolle confirma du geste.) Dix centimes le kilogramme, dont moitié pour les chasseurs. Il y aura des primes. Chaque soir, on partagera le butin. Mais d'abord, comme il faut en tout de l'ordre et de la discipline, embrigadez-vous, choisissez des chefs. »

Les écoliers se consultèrent un instant du regard. Puis ces trois noms furent acclamés presque unanimement :

« Andoche !... Éloi !... Petit-Pierre !

— Soit ! sanctionna l'instituteur. Petit-Pierre, Andoche, Éloi, je vous proclame capitaines !... Armez vos hommes.... Là, là... dans cette charrette ; c'est mon arsenal. Dans cinq minutes, car le temps presse, que l'armée tout entière soit en ligne de bataille. Je donnerai le signal du départ en poussant notre cri de guerre.... Mort aux hannetons !

— Mort aux hannetons ! » répétèrent les enfants qui, transportés d'une belliqueuse ardeur, d'une folle allégresse, se précipitèrent tumultueusement au dehors de l'école.

Déjà Guillaume, descendant de la chaire, recevait les félicitations du maire et du curé.

« Jarni ! s'écria Martin Fayolle, vous avez eu là une fameuse idée, monsieur le maître !

— Plaise à Dieu, dit l'abbé Denizet, qu'elle se répande dans toute la France, dans tout l'univers.

— L'idée n'est pas de moi, Messieurs, avoua loyalement le maître d'école, mais d'un brave imprimeur de Mirecourt, M. Humbert, qui, l'an dernier, dans les Vosges, a pris l'initiative de cette même croisade et provoqué l'extermination de six millions de hannetons pour commencer. Nous tâcherons d'en faire autant.... Ordonnez qu'on prépare une grande fosse au milieu de votre fumier, monsieur le maire. »

Un instant après, l'armée se mettait en marche. Quatre volontaires des plus vigoureux traînaient la petite charrette. Trois bataillons s'étaient formés, portant bâtons comme mousquets et gaules comme lances. Les trois commandants caracolaient sur les flancs. En guise de fanfare, on chantait.

2.

Hanneton, vole, vole, vole,

Ou bien encore :

V'là d'zhannetons, d'zhannetons pour un liard !!!

C'était par une belle matinée de printemps. Sur le chemin que suivait la tapageuse cohorte, tout était verdure et fleurs, fraîche brise embaumée, resplendissant soleil.

Aussitôt les capitaines sonnèrent la charge. On s'élança au pas de course, les uns par pelotons, les autres en tirailleurs. Un coup de gaule par-ci, un coup de bâton par-là. Puis sabots et gros souliers se levaient pour écraser les vaincus.

« Doucement ! fit alors l'instituteur, n'oublions pas que M. le maire achète notre chasse. D'ailleurs, on ne doit jamais faire souffrir les animaux, pas même en les immolant. Une simple pression de la semelle.... Après quoi, dans les paniers, dans les sacs.... Voilà la consigne. »

Bientôt on rencontra des bouquets de bois. Ce fut plaisir de voir nos gamins hocher les jeunes arbres ou grimper aux vieilles branches, ceux-ci cueillant les hannetons comme des pommes, ceux-là les gaulant comme des noix. Et des éclats de rire, des quolibets, des poussées ! Parfois maître Guillaume avait grand'peine à maintenir le bon ordre ; mais il y parvenait à force de patience et de joyeuse humeur. Lui-même il était aussi gai, aussi enfant que les autres.

Vers midi, la vaillante cohorte atteignit la rivière. Ordre fut donné de s'aligner au bord de l'eau, pour s'y laver les mains et le visage. Puis, comme chaque gamin et chaque gamine avaient apporté un petit panier tout plein de provisions, on goûta sur l'herbe.

Naturellement l'instituteur se trouva l'invité de ses élèves. C'était à qui lui passerait pain bis ou galette, morceau de lard ou confitures. Quant au breuvage, la rivière était là qui coulait pour tout le monde.

On ne se grisa donc pas. Cependant, jamais on n'avait tant ri.

Tout en plaisantant, Guillaume complétait sa leçon.

« Quel est le plus fort de vous en arithmétique? avait-il demandé.

— C'est Petit-Pierre, répondit-on.

— Eh bien ! Petit-Pierre, reprit-il, redescends jusqu'au sable qui va te servir d'ardoise, et prends ton bâton, ton épée, comme crayon. Nous allons faire un calcul qui sera drôle.

— Voyons ! voyons le calcul ! s'écria toute la bande.

— Vous êtes ici plus de cinquante, et l'on

compte en France quarante mille communes. En
admettant que chacune d'elles ait le même nombre
d'écoliers, combien au total ?

— Deux millions de chasseurs ! répondit Petit-
Pierre.

— Très-bien ! Supposons que, dans sa campagne de quatre jours, chacun d'eux capture pour
sa part deux cents hannetons.

— Bien plus !... bien plus !... s'écria-t-on ;
cinq cents, six cents.

— Mettons trois cents ! Allons Petit-Pierre,
va... multiplie par ce troisième nombre tes deux
millions.

— Ça fait six cents millions.

— Six cents millions de hannetons... dont la
moitié de hannetonnes... lesquelles déposeraient
chacune en terre une centaine d'œufs d'où sorti-
raient trente milliards de vers blancs.

— Oh ! fit toute l'assistance ébahie.

— Rien de vorace comme ces terribles rongeurs... Notez en outre qu'ils s'attaquent de pré-
férence aux jeunes racines, et, pour un seul repas,
gaspillent et ruinent toute une plante. Chaque hanneton qui tombera sous vos coups, c'est cinquante
mans supprimés, et qui en produiraient encore
d'autres ! Jugez donc à combien de pieds de trèfle
ou de luzerne, à combien d'épis de seigle

ou de blé, à combien de grappes ou de fruits vous aurez sauvé la vie... sans compter les pommes de terre, les choux, les navets et les carottes ! »

Sur cet argument péremptoire, la razzia recommença de plus belle.

L'attaque de la forêt fut une vraie prise d'assaut. Le soir, on avait rempli tous les paniers, tous les sacs, et le fumier de M. le maire s'en trouva fort bien.

De même, les trois jours suivants.

Andoche eut d'abord la prime. Puis ce fut Éloi ; le troisième jour, une fillette, et le quatrième, Petit-Pierre.

La dernière rentrée au village fut triomphale.

On avait anéanti plus de soixante-dix mille hannetons, pesant environ sept cents kilogrammes.

Au total, 70 fr. de bénéfice, dont 35 fr. pour les écoliers, 35 fr. pour l'instituteur.

« Et, maintenant que j'ai des livres à ma disposition, se dit-il, allons à la recherche des enfants pauvres. »

IV

SOUS BOIS

Après la classe du soir, Guillaume s'était dirigé vers la forêt.

Dans cette forêt, l'une des plus pittoresques et des plus étendues de notre France, on rencontrait alors des hameaux ou plutôt des campements de charbonniers et de bûcherons, la plupart étrangers au pays.

Avec eux frayaient des braconniers, des malfaiteurs, ayant trouvé refuge au fond des halliers, parmi les grandes roches ou dans les cavernes.

Les uns comme les autres, ils vivaient en dehors de toute civilisation, de toute instruction, de toute religion.

C'était à se croire dans un autre hémisphère.

Des outlaws, presque des sauvages.

Un de leurs wigwams avait été indiqué au jeune

instituteur comme se rattachant, de droit sinon
de fait, à son école.

Et bravement, ainsi qu'un missionnaire au milieu de quelque contrée lointaine, inconnue, il
s'en allait conquérir des âmes.

Il était seul et, depuis plus d'une heure, au
hasard, il cheminait sous bois.

Aucune habitation, aucun être humain, ne s'offrait encore à ses yeux. De vagues rumeurs l'a-
vaient égaré. Déjà l'ombre commençait à descendre sous les hautes futaies, dans les étroites
sentes des taillis.

Enfin, au milieu d'une clairière empourprée par
le soleil couchant, Guillaume aperçut un groupe de
cabanes faites de branchages, de torchis et de
genêts. On les appelle dans le pays des cabioles.

Les portes, ou plutôt les claies servant de portes
étaient entr'ouvertes. Mais personne ne se voyait
dans l'intérieur. Il n'en sortait aucun bruit.

Dans la dernière, cependant, Guillaume crut
entendre une sorte de plainte monotone.

Il entra.

Contre la muraille, sur des bottes de fougères
disposées en forme de siége, une vieille femme,
immobile et le regard fixe, était assise.

Guillaume s'en approcha, voulut l'interroger.

Mais il ne put en obtenir que ce même gémissement qui l'avait guidé vers elle.

Cette malheureuse créature était paralysée des membres comme de la langue.

Son regard seul parlait. L'instituteur y lut une attente inquiète.

Tout à coup, penchant la tête en avant, elle parut écouter un bruit lointain, perceptible pour elle seule.

En effet, vainement Guillaume prêtait l'oreille.

Mais, s'étant avancé de quelques pas vers le seuil, il entendit un cri d'effroi.

Puis, cet appel :

« A l'aide ! Au secours ! »

Il bondit au dehors, courut dans la direction de la voix, aperçut un enfant, une fillette, qui fuyait, éperdue, devant un homme dont l'aspect justifiait ses cris.

Vêtu d'un sarrau en haillons, les cheveux en broussailles, la barbe inculte, la mine hâve et sinistre, le regard étincelant d'une fureur bestiale, cet homme avait tout l'air d'un loup se ruant sur une proie.

Quant à la jeune fille, Guillaume eut à peine le temps de la regarder. Elle s'était réfugiée derrière lui murmurant d'une voix toute tremblante :

« Oh ! Monsieur... Monsieur, je vous en prie, cachez-moi !... défendez-moi !...

— Pourquoi menacer ainsi cette enfant? que lui voulez-vous? » demanda l'instituteur d'une voix sévère.

Tout d'abord interdit, l'homme, montrant à terre une miche de pain, un panier d'où s'échappaient quelques provisions, répliqua :

« Je lui demandais à manger !... j'ai faim...

— Il ment! se récria la fillette, car j'allais lui couper du pain.... Voyez ! le couteau est encore dans la miche et c'est alors qu'il a voulu me saisir et me frapper.

— Misérable ! dit Guillaume, éloignez-vous.

— Ah !... mais non ! repartit la bête fauve. C'est toi, mon mignon, qui vas me céder la place, et vivement. Sinon, je t'assomme ! »

Il venait de ramasser un bâton, il s'élança vers Guillaume.

Mais Guillaume, évitant le coup, saisit la main qui le portait, la tordit dans une vigoureuse étreinte, et, se débarrassant avec adresse du misérable qui cherchait à l'entraîner dans sa chute, il l'envoya rouler à dix pas de là, parmi les roches.

Un rugissement de douleur et de colère s'échappa des lèvres du vaincu, qui déjà se redres-

sait plus menaçant encore. Peut-être allait-il renouveler son attaque. Mais en ce moment même
un refrain rustique, chanté par plusieurs voix, s'é-
leva du taillis voisin.

« Ce sont les forestiers qui s'en reviennent du
travail, dit l'homme ; je te conseille d'en remercier le sort, car tu es le premier qui m'ait fait pareil
affront. Mais patience.... Je te revaudrai ça.... Au
revoir ! »

Et, maugréant, il disparut dans un hallier.

L'instituteur se retourna vers sa protégée que,
depuis un instant, il n'entendait plus.

Elle gisait, évanouie, sur le gazon.

Il s'agenouilla vivement auprès d'elle, et la souleva d'un bras, tandis qu'il étendait l'autre main
vers un filet d'eau pure qui ruisselait à travers les
herbes.

Quelques gouttes, rafraîchissant le front de la
jeune fille, parurent aussitôt la ranimer.

Guillaume, en même temps, l'examinait.

Elle paraissait avoir treize à quatorze ans, peut-
être moins.

Le grand air et le soleil avaient fortement hâlé
son visage ainsi que ses pieds nus, qui sortaient
d'un cotillon de laine brune. Avec cela, une grosse
chemise en toile bise, et c'était tout. Sous ce
simple costume, on devinait la sveltesse, l'agilité,

la saine et nerveuse vigueur d'une vraie fille des
bois.

Elle avait ces traits allongés et fins qu'Ary
Scheffer a su donner à la Mignon de Gœthe, et,
comme elle, une profusion désordonnée de cheveux
noirs.

Quand ses lèvres s'entr'ouvrirent pour respirer,
des dents éclatantes de blancheur apparurent, et,
tout aussitôt, ce fut un sourire, frais et doux comme
une aube de mai.

Quand ses paupières aux longs cils d'ébène se
soulevèrent, Guillaume en demeura comme ébloui ;
jamais encore il n'avait vu des yeux pareils.

Ils étaient si grands et si noirs, si lumineux
et si limpides ; ils avaient surtout une telle expression, un tel charme d'innocence, que, dès
qu'ils avaient brillé sur vous, on devait s'en souvenir toujours.

Cependant les bûcherons approchaient, la cognée
sur l'épaule.

Parmi eux se remarquait un grand vieillard,
à la physionomie patriarcale.

La fillette courut à sa rencontre et lui sautant
au cou :

« Ah ! père Sylvain, dit-elle, j'ai eu grand' peur.

— Qu'est-il donc arrivé à Claudine ? » demanda-
t-il avec l'empressement d'un vif intérêt.

Guillaume, en quelques mots, raconta ce dont il avait été témoin, ce qu'il avait cru deviner.

Pendant ce temps-là, Claudine ramassait dans l'herbe ses petites provisions, sa miche et son panier.

« Ma Claudinette, lui demanda le vieillard après un mouvement d'indignation, quel était cet homme? Le connais-tu?

— Oui, père Sylvain, répondit-elle, il s'est déjà rencontré sur mon chemin, mais jamais encore il ne m'avait effrayée ainsi.... C'est celui qu'on appelle le Sanglier.

— Jean Margat! fit le père Sylvain, m'est avis que décidément nous avons tort de le protéger contre les gendarmes. S'ils le remettaient en prison, ça ne serait que justice! »

Les autres approuvèrent du geste et se remirent en route vers le hameau.

« Suis-les, Claudine, dit le vieillard, ma pauvre vieille Marianne doit t'attendre. »

C'était sans doute la paralytique qui venait d'être désignée ainsi.

« Tout de suite! s'empressa de répondre Claudine, car elle est restée toute seule dans la cabiole. Les femmes sont parties tantôt pour la grande marc. On lave aujourd'hui. Les enfants ont suivi leurs mères.»

Déjà la fillette aux grands yeux s'éloignait.

Mais au moment de disparaître, se retournant tout à coup vers son sauveur :

« Merci tout de même, balbutia-t-elle, car vous m'avez bravement défendue !... merci !... »

Et toute honteuse d'avoir ainsi parlé à un inconnu, légère comme une biche effarouchée, elle se perdit dans le feuillage.

« L'enfant a raison, reprit le père Sylvain, nous vous devons de la reconnaissance, mon jeune monsieur. Mais je ne vous ai pas encore vu. Est-ce que vous êtes du pays ? Que venez-vous faire en forêt ? »

L'instituteur, après s'être nommé, expliqua le motif de sa visite.

« Enseigner nos enfants ! s'écria tout d'abord le vieillard. A quoi bon savoir lire lorsqu'on vit dans les bois ? Ces arbres et le ciel, voilà nos livres. »

Guillaume essaya de plaider la cause de l'instruction primaire et religieuse. Son interlocuteur devenait pensif.

« Il y a du vrai dans vos paroles, avoua-t-il enfin. Les idées ne sont plus les mêmes qu'au temps de ma jeunesse. Il faut s'instruire pour se tirer d'affaire. L'instruction permet à chacun de choisir son état de s'élever, de s'enrichir. Moi-même, si j'étais moins vieux, moins ignorant, peut-être aurais-je chance de gagner davantage et de laisser quelque chose à Claudine.

— C'est votre fille ? demanda Guillaume.

— Plaisantez-vous, reprit le vieillard, j'ai soixante-dix ans. Je serais tout au plus son grand-père. Non, c'est une orpheline de l'hospice.... Mais nous restons là sur nos jambes, et mieux vaudrait se reposer, se rafraîchir. D'ailleurs, voici bientôt la nuit, je tiens à vous reconduire jusqu'à la lisière des bois.... Oh ! oh ! vous ne connaissez pas Jean Margat !... Mais venez d'abord souper à la cabiole. Nous causerons de Claudine.

— Volontiers, consentit l'instituteur. Elle m'intéresse, cette petite pauvre abandonnée...

— Abandonnée ! non pas ! protesta le père Sylvain. Je vous conterai son histoire. »

V

CLAUDINE

Sous la conduite du père Sylvain, Guillaume était revenu vers la clairière.

Une légère fumée s'échappait du toit de la cabiole.

Sur le seuil, Claudine achevait d'éplucher quelques légumes.

« Soigne bien le souper, lui dit le vieillard, monsieur le maître d'école veut bien le partager avec nous.

— Ah ! tant mieux ! » dit la fillette.

Et, sur les pas de son père adoptif, elle rentra.

Guillaume entendit à l'intérieur un cri joyeux de la paralytique ; puis, sur son front sans doute, le bruit d'un cordial baiser.

Sylvain reparut presque aussitôt, et désignant à son hôte un tronc d'arbre renversé en guise de banc à côté de la porte, il s'y assit à son tour.

Un dernier rayon de soleil se jouait sur son visage ridé, parmi ses cheveux blancs.

Il se recueillit un instant, puis commença en
ces termes :

« Il faut d'abord vous apprendre que, durant
l'été, presque chaque dimanche, les orphelines de
l'hospice viennent se promener par ici.

Souvent je les regardais, m'amusant de leurs
jeux.

Quand on n'a pas eu le bonheur d'être père, il
reste au fond du cœur comme une soif qui réclame
satisfaction, comme un sentiment qui ne demanderait qu'à grandir.

J'aimais donc, mais de loin, en silence, ces
pauvres petites créatures n'ayant plus ni père ni
mère, et, conséquemment, déshéritées aussi d'une
bonne grosse part dans les joies d'ici-bas.

De ce que ces enfants-là n'étaient à personne,
ils me semblaient un peu à moi qui n'en avais pas.
N'étions-nous pas quasiment de la même famille ?

Une bambine surtout m'attirait, me plaisait, et
cela dès le premier jour où ses grands yeux noirs
s'étaient arrêtés sur les miens.

Ah ! je vois que vous les avez remarqués à
votre tour, les beaux yeux, les yeux sans pareils
de notre Claudinette !

C'était une singulière enfant, vive, alerte, enjouée, pétulante comme pas une, tant qu'elle s'ébattait librement au grand air, au grand soleil. Mais sitôt que le signal du départ était donné, sitôt qu'il fallait se remettre en rangs pour regagner la ville, vous ne l'auriez plus reconnue. Changement soudain, complet. Elle baissait la tête, et toute assombrie, toute navrée, s'en allait avec une morne résignation qui faisait peine à voir. De temps en temps elle se retournait, poussant un gros soupir à l'adresse de la forêt et de la liberté. Ses grands yeux même s'étaient voilés, s'étaient éteints. Oh ! je vous jure qu'elle n'avait plus envie de rire.

Pourquoi cette tristesse ?

Certain jour, étant à la ville, un hasard voulut qu'on me montrât l'hospice.

C'est au nord et dans l'ombre de la grande butte formée par les remparts. Une vilaine bâtisse. De hautes murailles humides et noires. Presque pas d'air, jamais de soleil. Autant dire une prison.

Mon cœur se serra, j'avais compris.

Le dimanche suivant, les orphelines revinrent au bois, je revis la fillette aux grands yeux.

Elle était si réjouie, si heureuse, et j'en avais pour ma part tant d'aise, qu'à chaque instant je me départissais de mon travail pour la regarder cueillir

3.

ses bouquets et danser, gazouiller dans l'herbe ou le feuillage, avec la légèreté d'une chevrette, avec la gaieté d'un pinson.

Finalement elle s'en aperçut et, chaque fois que ses ébats la ramenaient dans mon voisinage, elle faisait un petit temps d'arrêt, et m'envoyait un regard étonné, parfois même un beau sou—rire.

De mon côté, je souriais aussi. Puis, je me re—mettais à bûcher, mais sans grande attraction à l'ouvrage.

Tant et si bien que je finis par me donner un grand coup de cognée dans la jambe.

La surprise et la douleur m'arrachèrent un cri. Je chancelai, je tombai sur les genoux..

Ah ! c'est alors qu'il fallut la voir, bondissant vers le pauvre blessé, le consolant de sa douce voix. Puis elle courut tremper son mouchoir au ruisseau, lava la plaie, banda ma vieille jambe, et voulut à toute force me servir de soutien pour re—gagner la cabiole.

Une petite femme, quoi ! adroite et prévenante, comme une sœur de charité.

Elle n'avait guère plus de dix ans.

Quand elle me quitta, je ne me sentais plus de ma souffrance. Nous nous étions embrassés.

Les baisers d'un enfant, pour ceux-là qui n'en

ont pas l'habitude, ça vaut tous les baumes des apothicaires.

Cependant, ma blessure était assez grave, et comme je m'obstinais à besogner quand même, elle s'envenima. Force me fut de rester à la cabiole.

J'étais donc assis à cette même place où nous voici, lorsque reparurent les orphelines...

Claudine... elle m'avait déjà dit son nom, Claudine vint à moi tout de go. Une grande heure durant, elle me tint fidèle compagnie.

Grand sacrifice !

Et elle me causait si gentiment, de si franche amitié, que cette amitié-là gagna promptement le cœur de Marianne.

Marianne, Monsieur, c'est ma femme.

N'écoutant d'abord que par intervalles, elle avait fini par s'asseoir à côté de nous. Lorsque l'enfant dut partir, elle l'embrassa. Puis, toute émue, toute charmée à son tour :

« Ah ! l'avenante mignonne, me dit-elle, ce serait la joie d'une maison ! »

Comme bien vous le pensez, ce mot ne tomba pas dans l'oreille d'un sourd.

Ce fut comme une bonne semence qui devait bientôt porter ses fruits.

L'avenante mignonne revenait presque chaque

dimanche, et l'on babillait comme de vieux amis.
Elle nous disait ses petits chagrins, sa grosse tristesse ; non qu'elle accusât les gens de l'hospice,
les bonnes sœurs, bien au contraire, elle les aimait autant qu'elle en était aimée.

Mais l'hospice, voyez-vous, c'est toujours l'hospice. Celui-là surtout, qui vous a une mine peu
réjouissante. Rien, d'ailleurs, ne remplace l'affection d'une mère, d'une famille.

Et puis il y a des natures auxquelles il faut l'es-
pace et la liberté, tout comme il y a des oiseaux
qui ne peuvent vivre dans une cage.

Claudine était ainsi. Demeurant là-bas, j'en suis
sûr, elle y serait morte.

Toujours est-il que vers la fin de la saison, aux
approches de la Toussaint, l'enfant nous avertit
que c'était le dernier dimanche pour les promenades au bois. Il fallait se dire adieu, non plus
pour une semaine, mais pour tout un hiver, voire
même un bon bout de printemps.

Aussi, nous avions le cœur gros. Mais qui s'af-
fligeait le plus ?

Pas moi, pas l'enfant. C'était Marianne.

— Une bonne et digne femme, allez !

En embrassant l'orpheline, elle pleurait à
chaudes larmes.

Il y en avait aussi sous mes vieilles paupières.

Claudine sanglotait.

Cependant j'avais mon idée.

Mais je n'osais encore en parler tout haut, dans la crainte qu'après une fausse joie, la séparation ne semblât plus amère encore.

Il me fallait des renseignements.

Dès l'aube du lendemain, sans faire semblant de rien, je partis pour la ville.

Ah ! je fus revenu de bonne heure, allez, Monsieur ! jamais le père Sylvain n'a marché si vite.

« Femme, dis-je à Marianne, tu t'es chagrinée autrefois de ne pas avoir d'enfant. Ton cœur est celui d'une mère. Enfin, tu aimes bien Claudine. Veux-tu que nous la prenions avec nous... qu'elle soit notre fille... c'est possible ? »

Je vous jure que la mère Sylvain ne fut pas longue à mettre ses souliers, sa mante et son bonnet.

Nous partîmes bras dessus bras dessous, tout droit vers l'hospice.

On accueillit notre demande, sauf informations.

Mais nous étions sans crainte, car tout le monde nous connaît pour d'honnêtes gens, oui-dà !

Quant à ce qui est du nécessaire, nous l'avons. La forêt nous le donne, en travaillant bien entendu.

Car, celui qui vous parle est un laborieux bûcheron, qui, malgré son grand âge, gagne encore de bonnes journées.

Jusqu'à la dernière heure, il bûcheronnera pour Marianne et pour Claudine.

On nous l'avait accordée. Je vois encore la bonne sœur nous l'amenant un beau matin, le contentement de la mère et les transports de la petite.

Elle tomba comme pâmée dans mes bras. Puis ce furent à la fois des éclats de rire et des sanglots, une joie folle.

Avant de s'éloigner, la bonne sœur nous bénit tous les trois.

Je vous laisse à penser si, désormais, la cabiole fut en fête !

Tout ce qu'on réclamait de nous, c'était d'élever la petite honnêtement, chrétiennement.

Quant à l'honnêteté, les trois quarts de la besogne étaient déjà faits, par les bonnes sœurs et par le bon Dieu.

Claudine est une de ces créatures sur lesquelles l'esprit du mal n'a prise aucune.

Elles font le bien tout comme poussent les plantes de nos bois, de nature.

Chrétiennement, c'était l'église.

Je ne vous dirai pas qu'on en rencontre à chaque pas dans nos forêts. Témoin cette futaie de vieux hêtres. Est-ce que leurs troncs élancés et polis comme de vieilles colonnes de marbre, est-ce que leurs chapiteaux de branches et leur dôme de feuillage ne sont pas la ressemblance et peut-être le modèle des cathédrales ? Pour encens, les parfums de la terre, et, pour cierges, la clarté des étoiles.

Dieu est ici ; sa bonté, sa grandeur se révèlent à chaque pas. Je le sens, je le vois, je l'adore dans sa plus belle œuvre.

Mais non, cela ne suffit pas ; nous savons, nous comprenons qu'il est de notre devoir d'aller à la paroisse, et dans les commencements que Claudine était ici, Marianne et moi nous ne manquions jamais de l'y conduire, quoique ce soit à plus d'une heure de chemin. Déjà même on parlait de la première communion de l'enfant, lorsque, tout à coup, ma pauvre femme tomba malade.

Une longue et terrible maladie ! Tant qu'il y eut espoir de guérison, pour payer le médecin, les remèdes, je dus travailler double. A peine Marianne pouvait-elle se traîner jusqu'au seuil de la cabiole. Enfin ce fut la paralysie. Claudine ne quitta plus sa mère.

Ah ! Monsieur, si vous saviez comme elle est attentive et dévouée, cette chère mignonne ! Elle n'avait guère plus de dix ans quand cela com-

mença. Quatre années se sont écoulées depuis.
Elle est là toujours, près de la couchette ou du
fauteuil, priant, soignant et consolant la pauvre
vieille impotente. Durant le jour, elle ne s'éloigne
que pour courir jusqu'au grand hameau du bois,
où l'on s'approvisionne. La nuit, à la moindre
plainte, elle se réveille. Et toujours gaie, souriante.
Ah ! oui, le bon Dieu est bon, il nous a prêté un
de ses anges !

Et quand je pense que nous avions cru faire
une bonne action, être les généreux ! nous sommes,
au contraire, les obligés, les secourus. Au lieu que
ce soit la mère qui ait adopté l'enfant, c'est l'en—
fant qui a adopté la mère !

Sans compter le père Sylvain, qui lui en est
bien reconnaissant, qui l'aime de tout son cœur,
mais qui parfois se sent inquiet par rapport à son
avenir.

Nous sommes bien vieux. Si nous lui man—
quions, que deviendrait-elle ?

Oui, oui, vous avez raison, monsieur le maître,
il faut qu'elle apprenne, il faut qu'elle ait un état.

Aidez-nous, conseillez-nous.

Mais la voici qui nous fait signe d'arriver. Vous
savez son histoire... allons maintenant manger sa
soupe. »

. . . .

Une demi-heure plus tard, Guillaume se retirait, enchanté de ses hôtes et surtout de Claudine.

« Mon enfant, lui dit-il, puisque vous ne pouvez aller à l'école, c'est l'école qui viendra à vous. Dites-le de ma part aux autres enfants de la forêt. Tous les jeudis et tous les dimanches je leur don—nerai ici ma leçon. A bientôt ! »

Et, reconduit par le père Sylvain, l'instituteur regagna le village.

VI

CORRESPONDANCE

Vers la fin de septembre, maître Guillaume adressait la lettre suivante à M. Philippe Mesnard, élève de l'École centrale, à Paris :

Cher camarade,

Quatre mois se sont écoulés depuis mon installation. Tout va bien. Impossible d'être plus satisfait, plus triomphant que ton ami Guillaume.

Riche ou pauvre, fille ou garçon, pas un enfant ne manque à l'école.

Avouons-le, cependant, une si belle victoire ne s'est pas obtenue sans peine.

D'ailleurs, comme annexe, nous avons notre classe forestière.

Je t'ai conté ma première visite aux cabioles. Deux fois par semaine j'y retourne et, régulièrement j'y trouve une douzaine de petits sauvages, racolés par le père Sylvain, disciplinés et préparés par Claudine.

Claudine est mon aide de camp.

On ne saurait imaginer une élève plus intelligente, une sous-maîtresse plus accomplie.

Je dois reconnaître qu'à l'hospice elle avait reçu, des bonnes sœurs, un commencement d'instruction, mais qui depuis cinq ou six ans s'était oublié, perdu dans les bois.

Tout s'est retrouvé, se développe avec une rapidité merveilleuse. Elle sait lire, écrire et compter.

Chaque leçon, elle la redonne à son tour. C'est une de ces natures généreuses, expansives, qui semblent créées tout exprès pour l'enseignement mutuel. Claudine ne saurait rien garder pour elle seule; ce qu'elle sait, il faut que les autres l'apprennent.

Ma classe se tient sous les yeux de Marianne. Dans les beaux jours, on la transporte, on l'installe au seuil de la cabane. Nous sommes un peu plus loin, groupés à l'ombre d'un vieux chêne, et c'est encore la pauvre paralytique qui préside l'école en plein vent. Grande et précieuse distraction pour elle! De temps en temps, sa fille adoptive lui adresse un regard, un sourire. Parfois même elle court l'embrasser. Rien de plus touchant que ces

caresses. Claudine est admirable de sollicitude et
de dévouement. Un cœur d'or. J'ai pour cette enfant l'amitié d'un frère.

Mais revenons au village. Vers l'une de ses extrémités, dans un bas-fond, se trouvent quelques
chaumières isolées. On appelle cette espèce de
faubourg le *Bout-d'en-Bas*.

Je devais y rencontrer les plus récalcitrants, les
plus misérables.

Le maire m'en avait prévenu, il m'accompagnait.

C'était le soir. Devant les portes, des femmes
et des enfants, voire même des hommes, étaient
assis ou se traînaient, blêmes, amaigris, grelottant
sous un chaud soleil.

— Ils ont les fièvres, me dit M. Fayolle, et cela
depuis deux ans. C'est comme une épidémie. D'aucuns prétendent qu'on leur a jeté un sort.

Ce prétendu sortilége, déjà j'en soupçonnais
la cause. M. le curé la connaît bien aussi.

Au milieu du *Bout-d'en-Bas*, il y a un puits
commun. On venait d'y remplir un baquet placé
contre la margelle.

L'eau me parut troublée, jaunâtre.

J'en pris quelques gouttes dans le creux de ma
main; je l'approchai de mes narines, puis de mes
lèvres.

Une odeur désagréable, un goût âpre et qui vous prenait à la gorge, achevèrent successivement de m'éclairer.

Mes yeux se portèrent aux alentours et, non loin de là, j'aperçus une mare fétide, où s'écoulaient les ruisseaux des masures et le purin des fumiers.

Sur les bords, à la surface, toutes sortes de détritus et d'immondices.

« Monsieur le maire, dis-je à Martin Fayolle, voulez-vous désensorceler, guérir ces pauvres gens? La chose est facile.

— Comment cela?... D'où vient leur mal?

— Ils boivent cette eau, n'est-il pas vrai?

— Sans doute.

— Elle est empoisonnée par les infiltrations de cette mare.

— Au fait, ça se pourrait bien. Mais comment s'en assurer?

— Faites clore le puits, la rivière n'est pas loin.

— Mais ils sont paresseux, malades... ils vont crier....

— Dans huit jours, ils ne crieront plus. Du reste, consultez le médecin. Ne vient-il pas aujourd'hui pour Grand-Jacques? »

Le médecin me donna raison. Le maire fit acte

d'autorité. En moins d'une semaine, la fièvre avait
disparu. Avec la santé revint le travail. Avec le
travail, l'aisance, et lorsque je reparlai de l'école
aux parents du Bout-d'en-Bas, ce fut à qui me ré-
pondrait:

« Prenez nos enfants ! faites-en tout ce qui vous
plaira ! ne nous avez-vous pas sauvés de la fièvre ?»

Tu vois, mon cher Philippe, comme le progrès
se réalise facilement. Il n'y a qu'à vouloir.

J'en eus bientôt une nouvelle preuve avec l'adjoint Legrip.

Celui-là m'avait été signalé comme un réfrac-
taire systématique, incorrigible.

« Vous n'en obtiendrez rien, me disait Martin
Fayolle. Et pourtant ce n'est pas un sot. Mais il a
acheté de la terre plus que de raison. Partant, de
gros engagements à remplir. Ses garçons, bien que
ce ne soient encore que des enfants, doivent l'aider
dans sa culture et lui gagner de l'argent. Au diable
l'école ! »

Un beau matin, je me rendis chez ce mauvais
père.

Il était dans sa salle basse, devant une façon de
bureau, sur lequel j'entrevis du coin de l'œil des
actes sur papier timbré, des comptes, des paperasses, que tour à tour il regardait avec consternation ou bien froissait avec rage.

Telle était sa préoccupation qu'il ne m'avait pas entendu, qu'il ne me voyait pas encore.

« Ah ! s'écria-t-il tout à coup, quel guignon ! Quel malheur de ne pas savoir lire ni compter !

— Ce n'est pas moi qui vous le fais dire, monsieur l'adjoint.... Je vous y prends ! »

A ces mots, qui venaient d'échapper de mes lèvres, il s'était retourné vers moi. Déjà, tout confus, il cherchait à dissimuler son grimoire.

« Ah ! grommela-t-il, c'est vous, monsieur le magister. »

Après m'être excusé :

« Voyons, dis-je, est-ce que je ne puis pas vous venir en aide... et, qui sait ? vous rendre service ? »

Il hésitait. Nos paysans sont cachottiers ; ils ne veulent pas que, dans leurs affaires, dans leurs mystères, pénètre le regard du voisin.

Mais j'étais étranger, circonstance atténuante. De plus, je promis le secret. Il finit par prendre confiance.

« Tenez ! dit-il en me présentant un papier, voilà ce qu'il faut que je signe... car je sais signer mon nom, mais c'est tout. Déchiffrez-moi donc ce qui se trouverait au-dessus. »

C'était un engagement à payer, à la Saint-Michel prochain, la somme de six cents francs.

Legrip eut un mouvement de colère.

« Six cents francs ! s'écria-t-il, et je n'en dois
que cinq. Ah ! le brigand d'usurier ! »

Ce mot me fit dresser l'oreille.

J'ai l'usure en horreur, c'est le fléau du travail.

« Combien ça ferait-il d'intérêts ? demanda
Legrip.

— Vingt pour cent, répondis-je.

— Et pour trois mois, ajouta-t-il. Partant,
quatre-vingts pour cent. »

Il savait calculer jusque-là.

Je demandai des explications.

« C'est bien simple, me dit Legrip. Je devais
payer hier, et l'argent manque à la maison. Vienne
la récolte et nous serons en mesure. Pour renouveler mon billet, voilà ce qu'on exige de moi ; sinon des frais, la saisie, un affront. Il sait que je suis
jaloux de ma bonne renommée, il me tient le couteau sur la gorge !

— Mais quel est donc votre prêteur ?

— Eh ! quoi ! vous le demandez ? Mais vous ne
connaissez donc pas encore la sangsue, le vampire
du canton... Arsène Hardoin ! »

Déjà l'on m'avait parlé de cet homme et de son
ignoble métier.

« Auriez-vous des preuves ? demandai-je à
Legrip.

— Certes ! répondit-il, j'ai là toutes ses lettres.. et plusieurs autres billets renouvelés au même taux... car ce n'est pas la première fois qu'il m'écorche tout vivant, le bourreau ! Je ne sais même plus où j'en suis avec lui. Tout est là... Voyez, lisez, vous qui savez lire ! »

Déjà je prenais place au bureau, feuilletant la correspondance de l'usurier.

Par une inconséquence providentielle, ces hommes si retors, si cauteleux, s'enivrent quelquefois de l'audace du succès et se perdent par la naïveté du mal.

Les lettres que j'avais sous les yeux, les billets par lesquels ces lettres se trouvaient confirmées, c'étaient des preuves irréfutables, accablantes.

« Confiez-moi toutes ces paperasses, dis-je à Legrip. Je me charge de lui faire entendre raison.

— A Arsène Hardoin ? Je vous en défie !

— Soit ! à ce soir... »

Et je sortis, emportant mon dossier.

A quelques pas de là, cependant, je réfléchis. Avais-je bien le droit de m'ériger ainsi en redresseur de torts ?

Eh ! pourquoi pas, quand on se sent dans le vrai, quand on ne veut que le juste ? Mais encore fallait-il être assuré du succès.

Par un heureux hasard, je me rappelai que la

semaine précédente, en défaisant ma malle, j'avais
relu, dans une *Gazette des Tribunaux*, enveloppant
quelques menus objets, la relation d'un procès
d'usure, qui n'était pas sans analogie avec le cas
actuel. Le tribunal avait voulu faire un exemple,
et non-seulement la condamnation était sévère,
mais encore l'arrêt se trouvait motivé par des con-
sidérants d'une telle lucidité, d'une telle éloquence,
que j'avais conservé ce chef-d'œuvre de justice et
de moralité. C'était une arme précieuse, un argument décisif.

Je passai donc par l'école, et j'y pris le journal.
Puis après avoir embrassé maman Simon pour me
donner du courage, je me mis à la recherche d'Arsène Hardoin.

Il habite un ancien manoir en ruines, mais avec
de vastes dépendances ; le tout acquis on ne sait
trop comment.

C'est un ours ; il vit seul. Sa femme est morte ;
son fils est soldat. Pas de domestiques, ça coûte
trop cher. Une voisine vient faire son ménage et
lui apporte ses maigres provisions. Ce n'est pas
seulement un usurier, c'est un avare.

Après avoir longtemps erré dans une cour humide, silencieuse, et que l'herbe et les ronces envahissent de toutes parts ; après avoir frappé à
plusieurs reprises contre la vieille porte renforcée

de ferrures neuves, je vis enfin s'entr'ouvrir un guichet, et briller, à travers les barreaux, des yeux inquiets comme ceux d'une bête fauve.

Je m'annonçai comme venant de la part de Legrip.

Les verrous aussitôt furent tirés. J'entrai dans une grande pièce froide et poudreuse, où, pour tous meubles, on voit une sale petite table flan— quée d'une mauvaise chaise de paille. C'est la toile de l'araignée.

Figure-toi Harpagon ou Grandet, voilà l'homme.

« Vous apportez l'argent ? dit-il d'une voix sèche et brève.

— Non.

— Alors le billet ?

— Pas plus de billet que d'argent.

— Plaisantez—vous ?

— Je parle sérieusement ; veuillez m'écouter de même. Une sage loi défend et punit les prêts usu— raires. Peut-être l'ignoriez—vous : je m'estime heureux de vous en instruire. Instruire, c'est mon état. Sachez donc, monsieur Hardoin, que si les magistrats avaient connaissance des lettres que voilà, des billets que voici, vous seriez condamné certainement à l'amende, et qui plus est, à la prison. »

Il me regardait en dessous, d'un air hargneux, effaré.

Moi, jamais je ne m'étais senti aussi parfaitement à l'aise, aussi courtois, mais aussi résolu. Là, vrai, mon cher Philippe, tu aurais été content de ton ami Guillaume.

Et pourtant il avait pour lui l'avantage de l'expérience, de l'habileté, de la fortune. Mais la conscience d'une bonne cause me soutenait dans cette lutte, et c'était assez pour le dominer.

« C'est donc une menace ? murmura-t-il.

— Non, répondis-je, c'est un avis... et qui plus est, une proposition?

— Quelle proposition.

— Vous allez m'écrire et me signer ceci. »

J'avais apporté la formule de la transaction que je voulais ; je la mis sous ses yeux.

Elle était ainsi conçue :

« Par suite d'arrangements survenus entre nous, je reconnais et déclare accorder à Nicolas Legrip, pour le billet de cinq cents francs qu'il m'a souscrit, un délai de trois mois, sans intérêts.

Ces derniers mots firent bondir l'usurier.

« Sans intérêts ! s'écria-t-il, jamais !

— Réfléchissez, lui répondis-je avec calme. Je vous laisse ce journal, lisez cet article (et je le lui mis sous les yeux), il vous éclairera, vous conseillera beaucoup mieux que je ne saurais le. faire moi—même. J'attendrai jusqu'à demain matin votre réponse. Si elle nous est favorable, comme je l'espère, ces preuves seront annulées, vous en avez ma parole ; mais je vous le jure aussi, à midi sonnant, si je ne vous ai pas .revu, j'irai les remettre au procureur impérial. »

Et, saluant le vieillard, je sortis.

Le lendemain, à l'issue de l'école et comme la cloche de midi sonnait, Arsène Hardoin vint à ma rencontre et glissa dans ma main l'écrit exigé.

« Au moins, murmura-t-il, gardez-moi le secret. »

Je le lui promis, et, sauf Philippe Mesnard, dont la discrétion m'est connue, qui ne viendra jamais dans le pays, je n'ai pas soufflé mot.

Mais qui fut étonné, enchanté ?... l'adjoint Legrip.

Ses trois garçons sont devenus mes meilleurs écoliers.

Le jour que leur père me les amena, je lui dis, en montrant certain cadre accroché à la porte de l'école, qui est en même temps la mairie :

« Quand ils sauront lire, et ce sera bientôt, faites-vous lire par eux chaque dimanche le *Bulletin des Communes*. Entre autres renseignements utiles, vous y verrez que la France est dotée d'un

4.

grand établissement de crédit national, le crédit qui prête, sans hypothèques, aux plus modestes agriculteurs, et qui les affranchit de l'usure.»

Mais voici l'heure de la classe. Un autre jour, mon cher Philippe, j'achèverai cette lettre.

VII

SUITE DE LA MÊME

Quelques jours plus tard, Guillaume complétait ainsi sa lettre à Philippe Mesnard :

. . . .

Le maître d'école du moindre village peut faire beaucoup de bien ou beaucoup de mal. Je crois que je ferai ici beaucoup de bien.

Déjà mes écoliers m'aiment. C'est tout simple, car, je les aime et m'efforce de les instruire en les amusant. J'y prends moi-même un vrai plaisir.

Aux enfants, il faut l'activité, le mouvement, Une immobilité trop longue les fatigue ; leur respiration souffre d'un trop long silence. Je les fais parler ; je veux que leur esprit, sans cesse en éveil, s'intéresse à chaque étude. Donc, les leçons courtes, attrayantes, et les moyens variés. Un ennemi rôde autour de l'école : l'ennui. Rarement il pénètre dans la mienne. Je profite des beaux jours pour garder, autant que possible, les portes et les fenêtres toutes grandes ouvertes ; l'air, la lumière et la gaieté circulent librement dans notre classe. La santé des élèves s'en trouve bien, celle aussi du maître. Enfin comme l'exercice est nécessaire au développement physique et intellectuel de la jeunesse, nous faisons ensemble de fréquentes promenades. Je m'associe à leurs récréations. Parfois même j'en invente.

Ainsi, le village est situé sur le bord d'une belle rivière assez rapide, mais point dangereuse. Croirais-tu qu'un préjugé en éloignait les habitants ! Bien peu seraient capables de sauver un malheureux qui se noierait. Je me suis fait professeur de natation ; les bains froids, salutaires sous tant de rapports, sont pour mes élèves un encouragement, une récompense. A l'automne ils nageront tous comme des brochets.

Il y aurait encore la gymnastique. Déjà je dirige des mouvements, des courses. Ah ! si j'avais un terrain, une installation ! Ne me trouves-tu pas bien ambitieux? C'est que, vois-tu, cette ambition se rattache à un autre rêve.

Notre village possède un vaste bien communal, inculte et marécageux. A peine les moutons et les chèvres y broutent-ils quelques brins d'herbe. Pendant les trois quarts de l'année les eaux l'envahissent. On l'appelle le Champ-sous l'Eau.

Il a plus de cinquante hectares. Quelle fortune pour le pays si l'on pouvait remettre en valeur ce domaine improductif!

Un jour l'idée me vint d'y essayer quelques sondages. A la surface, une certaine épaisseur de bonne terre végétale; puis une couche d'imperméable argile. J'y fis plusieurs trous ; l'eau s'y précipita, fut absorbée par le sol inférieur comme avec l'avidité d'une soif de plusieurs siècles.

Envoie-moi un manuel de drainage. Te voici presque ingénieur, donne—moi ton avis. Je n'ose te dire ce que j'espère, ce serait trop beau. Songe donc, cinquante hectares! nous aurions de l'argent. Déjà j'entrevois une nouvelle maison d'é—cole, et Dieu sait que le village en a grand besoin.

Mais, diras-tu, ce n'est plus là de l'enseignement, c'est de l'agriculture. Oui, c'est de l'enseignement agricole. Nous le recevons à l'École normale ; il fait partie de notre programme et surtout de notre mission dans les campagnes. Le peu que je sais, tout ce que la nature m'enseigne chaque jour, je m'attache à le répandre, à le populariser autour de moi.

La plupart des enfants confiés à mes soins culti-
veront la terre ; il est bon de développer en eux
des notions applicables à la culture et de leur ins-
pirer, dès le jeune âge, l'amour et l'orgueil de cette
profession, la première de toutes.

J'arrive à ce résultat sans entraver en rien la
marche des autres études, bien au contraire. Si
nous faisons une lecture, c'est dans un livre qui
traite de la vie des champs. Le même esprit me
guide dans le choix de mes dictées ; quelle est l'or-
thographe qu'il faut d'abord apprendre au paysan?
celle des termes et des mots dont il fera le plus
souvent usage. Quant au calcul, tous nos chiffres,
tous nos problèmes, sont en rapport direct, immé-
diat, avec les travaux agricoles du pays et de la
saison. Ce que je veux qu'ils sachent avant tout,
c'est l'arithmétique de la culture, c'est la comp-
tabilité de la ferme.

Il n'est pas jusqu'au jardinage qui ne soit de
notre compétence. Mais, sous ce rapport, je ne
suis que le lieutenant de M. le curé.

Je t'ai déjà parlé de l'abbé Denizet, ce prêtre
modèle, cet excellent horticulteur.

Je lui soumets toutes mes idées. Que de fois
lui-même il m'en suggère ! Et quand je les applique, quand j'ai réussi, il se contente pour sa

part, pour sa récompense, de m'adresser un modeste et doux sourire.

On ne le supposerait avoir souci que de son parterre et de ses espaliers. Aucun des intérêts de la paroisse ne lui reste indifférent. Il domine, il guide et féconde toutes choses.

Grâce à ses conseils, je me suis perfectionné dans la greffe et dans la taille des arbres. Il est au courant de toutes les méthodes nouvelles, et souhaite ardemment les introduire dans sa paroisse.

Sous ce rapport, comme sous tous les autres, nous nous entendons à merveille. Mais je voudrais avoir aussi mon jardin.

C'est le complément indispensable d'une maison scolaire ; ce serait le paradis de mes enfants. Entre deux leçons, quel délassement, quelle joie pour eux et pour moi, d'aligner ensemble nos plates-bandes, de sabler nos allées, d'entretenir avec art ce petit coin de terre qui serait notre orgueil ! Ils grefferaient, tailleraient, bêcheraient, sèmeraient, planteraient, récolteraient sous mes yeux, d'après mes avis. C'est là, sur la nature même, que je ferais mon cours d'horticulture. Nous aurions les plus beaux légumes et les plus beaux fruits, toutes sortes de plantes utiles. Un jardin botanique ! des jardiniers modèles ! et le maître, l'ami, montrant la bonté de Dieu dans ses moindres œuvres, ferait mieux aimer et comprendre encore le Créateur de toutes choses !

Tu vois, mon cher Philippe, que je suis toujours l'enthousiaste dont tu plaisantais autrefois. Une utopie ! diras-tu. Pourquoi donc ne se réaliserait-elle pas ? En ce moment même, le souvenir du Champ-sous-l'Eau me revient à l'esprit. Qui sait si je n'y trouverai pas du même coup mon gymnase et mon jardin ? N'oublie pas ce que je te demande à ce sujet.

Pour en revenir à M. le curé, souvent nous nous promenons ensemble dans les alentours. L'autre soir, il me faisait remarquer la vigueur des nombreux merisiers qui croissent à l'état presque sauvage sur le territoire de la commune, ne fournissant guère leurs fruits que pour les gamins et les moineaux, ces gamins de l'air.

« Savez-vous, me dit-il, que ces arbres-là viennent chez nous merveilleusement, et que, bien greffés, au lieu de merises ils rapporteraient des cerises.

Je m'empressai de répondre qu'à la saison j'irais demander des greffes au jardin de l'École normale.

« Très-bien ! s'écria l'abbé Denizet. Nous en préconiserons l'emploi. Ce sera un nouveau service rendu à la commune par...

— Par son pasteur ! interrompis-je. Ce seront les cerises de M. le curé. »

Diplomatie ! vas-tu dire. Ou bien encore, abnégation ? C'est tout bonnement de la politesse et du bon sens. J'ai su comprendre que l'instituteur, troisième autorité du village, doit s'effacer devant les deux premières et ne rien proposer en son nom. Est-ce que la conscience d'avoir inspiré le bien ne vaut pas la gloriole de l'accomplir ? D'ailleurs mon digne curé a sur moi la triple supériorité de l'âge, du savoir, de la vertu.

Je procède de même avec M. le maire quoiqu'il n'ait pas les mêmes supériorités. Déjà maintes réformes s'exécutent dont il s'attribue tout le mérite, et cela le plus naïvement du monde. « J'y pensais ! dit-il à chaque insinuation nouvelle ; c'était justement mon idée; puisqu'elle s'accorde avec la vôtre, c'est qu'elle est deux fois bonne, appliquons-la ! » Et comme il a de la volonté, le progrès se réalise ; voilà l'essentiel.

Par exemple, lorsque je voulus lui parler de ces classes du soir, de ces cours d'adultes que le Gouvernement s'efforce de créer dans les campagnes, — ce qui lui sera compté comme un titre de gloire, — Martin Fayolle regimba ; rien que le mot l'effarouchait.

5

— Adultes ! qu'est-ce que c'est que ça, des adultes ?

Et lorsque je le lui eus expliqué :

— Êtes-vous fou ! répliqua-t-il. J'admets que l'on veuille apprendre à lire aux enfants, à tous les enfants... mais à leurs pères ! à leurs grands-pères !... Croyez-vous donc que lorsque le paysan rentre le soir, accablé de lassitude, il n'ait pas besoin de repos ? Ventre affamé n'a pas d'oreilles, dit le proverbe; corps fatigué n'en a pas davantage. Après une longue journée de rude travail, on se couche, on dort.

— D'accord quant à l'été, répondis-je, mais il est une autre saison, l'hiver, où, durant la veillée, les hommes et les femmes de tout âge...»

Martin Fayolle m'interrompit par un grand éclat de rire :

« Quoi ! les femmes aussi ! vous ramèneriez à l'école nos vieilles paysannes !... Ah ! ah ! ce serait drôle... et rien que pour le voir, je ne dis pas non... mais plus tard. Quand nous y serons, nous verrons. »

Je sentis que j'étais allé trop vite et je me tus. Mais bon gré, mal gré, nous aurons notre classe du soir, et Martin Fayolle lui-même en prendra l'initiative. Il s'en glorifiera. Ce seront les cours de M. le maire.

En attendant, je me rabattis sur l'abbé Dénizet.

L'autre soir, je le rencontrai lisant son bréviaire, sur les confins du bois.

J'abordai franchement la question. Il m'écouta d'abord avec son indulgent sourire. Mais il ne me laissa pas même achever.

« Oui, oui, dit-il, je sais tout ce qui s'imprime et se prêche en faveur de cette croisade contre l'ignorance. Nous ne sommes pas partisans de l'ignorance, croyez-le bien. Mais l'excès contraire n'a-t-il pas un danger? Nos jeunes gens ne sont déjà que trop enclins à déserter les champs pour la ville. Les campagnes se dépeuplent. On délaisse l'état de paysan. Chacun veut quitter sa sphère, abandonner son petit patrimoine pour aller courir les spéculations et les places. C'est comme une fièvre d'émigration. Ne craignez-vous pas de l'exciter encore en multipliant le nombre de ces demi-savants qui rougissent de leur père et... »

Je me permis, à mon tour, d'interrompre M. le curé.

« C'est attribuer à l'instruction, répliquai-je, un mal qu'elle a précisément mission de combattre. Pourquoi fuit-on le village? C'est que par suite des communications faciles et constantes avec les cités, la comparaison lui fait tort. Il faut le rendre attrayant, confortable ; réagir contre ce préjugé que le bien-être matériel et les jouissances de l'esprit sont incompatibles avec les travaux des champs ; prouver que le bonheur est là. »

Il me laissait aller, je poursuivis :

« L'instituteur, aujourd'hui, doit initier les jeunes paysans aux bienfaits de la civilisation, aux saines joies de la nature et de la vie champêtre, à l'amour du hameau. Ah ! nous voulons aussi l'arrêter ce torrent d'hommes qui s'en va inonder les villes au détriment des campagnes ; mais quelle est la seule digue que l'on puisse y opposer : l'école, l'éducation rurale et chrétienne..., et cela, tout de suite, car il y a urgence..., et cela non-seulement pour les enfants, mais encore pour les adultes, pour les vieillards...

— Croyez-vous qu'ils viennent à vos leçons ?

— Mille exemples le prouvent. L'élan est donné partout, il faut le suivre et le diriger chrétiennement.

— Mais quand nos villageois sauront lire, que liront-ils ? de mauvais livres...»

Comme le digne pasteur m'opposait ce dernier argument, j'aperçus à travers les arbres, dans une clairière où nous allions entrer, Claudine et le père Sylvain.

Le vieillard, assis sur une pièce de charpente, tenait entre ses deux mains un livre ouvert sur lequel ses yeux étaient fixés.

Le doigt de l'enfant marchait sur la page.

Évidemment, elle faisait lire, ou plutôt épeler, son père adoptif.

Si grande était leur application à tous deux qu'ils ne s'apercevaient pas que nous approchions...

A petits pas, sans bruit.

Déjà nous pouvions voir remuer les lèvres du vieux bûcheron ; mais les mots murmurés par lui ne nous arrivaient encore que vaguement.

« Quel est donc ce livre ? » me demanda tout bas l'abbé Denizet.

Ce livre, je le pris tout à coup des mains de Claudine, je le présentai à M. le curé.

C'était l'Évangile.

Il me tendit les deux mains.

Puis, les yeux inondés de douces larmes, il embrassa Claudine.

Il lui fera faire sa première communion le printemps prochain.

« Courage ! me dit-il comme nous nous quittions ce soir-là. Je suis avec vous. Guerre sans merci ni trêve à l'ignorance, mais aussi guerre impitoyable à la science impie, mille fois plus fatale que l'ignorance ! Il faut que l'instruction éclairée par la Foi, se propage et pénètre partout, partout ! vous aviez raison de le dire le jour de votre arrivée : le chemin de l'église, c'est l'école !

Tu vois, mon cher Philippe, que je ne perds pas
mon temps. Chaque soir, après une journée bien
remplie, le cœur tout joyeux d'avoir bien fait mon
devoir, je soupe gaiement avec la Simonne. C'est
ma récompense. Ah ! je l'avais bien devinée cette
excellente femme ! Elle me traite, elle m'aime
comme un fils : une vraie mère !

Et, si tu voyais, comme notre petit ménage est
bien tenu ! Quelle propreté, quel ordre en toutes
choses. La maison du maître d'école doit servir
d'exemple à toutes celles du village. Il en est ainsi
de la maison de maître Guillaume.

Aussi dans la commune, tout le monde m'accueille
et me fête à l'envi, tout le monde m'aime déjà.

Excepté, cependant, Arsène Hardoin, l'usurier,
que j'ai réduit à l'impuissance du mal, et Jean
Margat, dit le Sanglier.

Rarement ils se rencontrent sur mon chemin.

Mais à leur grimace obséquieuse, à leur regard
en dessous, je sens que j'ai là deux ennemis.

Bah ! avec l'aide de Dieu. . . . .

. . . .

Au moment même où Guillaume venait d'écrire
ce dernier mot, il fut interrompu par l'arrivée soudaine d'un jeune forestier qui, tout essoufflé, tout
effaré, l'appelait à grands cris.

Un grand malheur venait d'arriver aux cabioles.

VIII

ENSEMBLE !

Depuis quelques jours, l'état de Marianne, la vieille paralytique, s'était aggravé.

Elle ne souffrait pas davantage. Mais à peine Claudine parvenait-elle à lui faire prendre quelque nourriture. Son amaigrissement et sa pâleur devenaient effrayants. Ce n'était plus qu'un cadavre. Ses lèvres seules remuaient, animées par un faible souffle. Dans ses yeux, où la vie semblait réfugiée, tremblotait une lueur vague, intermittente, comme celle d'une lampe qui va s'éteindre.

Tel avait été l'arrêt du médecin amené par Guillaume.

On sentait que le dernier jour, que la dernière heure approchait.

La douleur de Claudine et du père Sylvain était navrante.

Le vieillard, courbant sa tête blanche, restait

plongé dans une muette consternation, dans un morne désespoir ; l'enfant s'efforçait de cacher ses larmes et, de temps en temps, courait au dehors, à quelques pas de la cahute, pour donner un libre cours à ses sanglots.

Puis elle revenait en toute hâte, active et vigilante comme toujours.

La mourante avait parfois un éclair dans le regard, un cri venu du cœur ; elle comprenait tout.

Une affection profonde et touchante existait entre ces trois pauvres créatures, isolées au milieu des bois.

Cependant, le vieux bûcheron s'en allait chaque jour à son travail, il le voulait ainsi.

Le soir il s'en revenait au pas de course et tout palpitant d'angoisse jusqu'au seuil de la cabiole. Il hésitait avant d'y pénétrer. Du regard il interrogeait Claudine... et ce n'était qu'après sa réponse qu'il osait enfin regarder la mourante, s'approcher d'elle et lui mettre un long baiser sur le front.

Marianne se ranimait pour un instant. Elle avait un regard, presque un sourire, qui semblait répondre :

« Je suis encore là... Merci... Du courage ! »

Un peu plus tard, Claudine servait la soupe. On mangeait en silence. Puis, du geste, le vieillard contraignait l'enfant à s'étendre sur sa couche de bruyères, à fermer les yeux.

Quant à lui, prenant place auprès de la malade, et la main dans sa main, il veillait.

Une lampe rustique, suspendue dans la cheminée, éclairait seule ce triste tableau.

Avant de succomber au sommeil, le père Sylvain murmurait cette fervente prière :

« Mon bon Dieu..., prolongez les jours de ma vieille compagne, ou bien abrégez les miens !... Faites que nous partions ensemble ! »

Si, par hasard, il tournait la tête du côté de la couchette de Claudine, souvent il voyait briller dans l'ombre ses deux grands yeux attendris.

La fillette refermait vivement les paupières, et le vieux bûcheron se reprenait ainsi:

« Ne m'exaucez pas, mon Dieu ! il faut que je travaille encore pour la petite, jusqu'à ce qu'elle puisse gagner son pain, jusqu'à ce qu'elle soit grande ! »

Au jour naissant, il reprenait sa cognée.

Ce matin-là, Claudine s'était efforcée de le retenir :

« Ne nous quittez pas, père Sylvain ! il reste assez d'argent... »

Il l'avait interrompue :

« Pour nous, mon enfant, mais non pas pour

5.

toi... J'ai toujours eu ce pressentiment que je ne survivrais guère à Marianne... et jusqu'à mon dernier jour, je veux te gagner quelque chose de plus. Que deviendras-tu quand nous ne serons plus là... A ce soir !

Sans vouloir s'expliquer davantage, il était parti.

Sa tâche était en ce moment d'ébrancher de vieux chênes croissant parmi des rochers.

Il avait plu durant la nuit, l'écorce était humide et glissante. Un froid assez vif faisait trembler le vieux bûcheron. Il tomba.

Sa tête avait porté sur des pierres aiguës.

Couvert de sang, le crâne entr'ouvert, il resta sur le coup, évanoui, comme mort.

Vers le soir seulement, quelques bûcherons qui passaient par là l'aperçurent et le relevèrent.

Il n'avait pas encore repris connaissance.

Le père Sylvain était adoré de ses compagnons. Ils le mirent sur une sorte de brancard; ils le ramenèrent à la cabiole.

Du plus loin que Claudine aperçut ce funèbre cortége, son instinct l'avertit du nouveau malheur qui la menaçait ; elle jeta un grand cri.

Ce cri alla droit au cœur de la paralytique. Par un suprême effort, elle parvint à se soulever, et retomba... Puis les yeux démesurément ouverts, elle regarda le blessé qu'on plaçait auprès d'elle.

Il commençait à revenir à lui ; il pensa tout d'abord à la mourante. L'effroi, le désespoir n'allaient-ils pas lui porter le dernier coup ?

« Ça ne sera rien ! murmurait-il ; ne t'inquiète pas, Marianne... je me sens mieux, vrai !... ce n'est rien. »

La mort était sur son visage.

« Antoine est allé chercher M. le curé et le médecin, » dit l'un des forestiers à Claudine.

Elle semblait frappée de stupeur ; elle s'écria tout à coup :

« Maître Guillaume ! courez prévenir maître Guillaume ! »

L'instituteur avait inspiré à Claudine une grande confiance, une grande amitié.

Un des jeunes forestiers partit aussitôt pour le village.

Le digne curé s'empressa d'accourir et les deux vieillards demandèrent ensemble à recevoir les derniers sacrements.

Guillaume arriva peu de temps après le médecin, qui déjà examinait, pansait la blessure.

À son regard, Guillaume comprit qu'elle était mortelle.

Marianne, Claudine, le père Sylvain l'interrogeaient aussi des yeux.

Pour tous les trois, il y eut la même révélation.

Claudine se laissa tomber sur un escabeau, les mains enfouies dans ses cheveux.

La vieille paralytique, agitée par un spasme d'agonie, parut prête à rendre l'âme.

« Attends-moi ! s'écria le père Sylvain ; partons... partons ensemble ! »

Un sanglot déchirant s'échappa des lèvres de Claudine ; elle s'élança vers eux, s'agenouilla devant eux, les bras étendus comme pour les supplier de ne pas la quitter encore.

« Ah ! mon enfant... ma pauvre enfant, dit le père Sylvain, c'est ma faute... J'avais demandé cela au bon Dieu... Il n'aurait pas dû m'exaucer... je le regrette... pour toi... Mais que veux-tu... c'est fini... je le sens... c'est fini... Ne pleure pas... embrasse-moi... embrasse la vieille... Nous t'aimions bien !... J'avais prévu notre séparation... tu ne resteras pas sans ressources... »

Puis, tandis que l'enfant, tout en pleurs, le couvrait de caresses éperdues, il continua, s'adressant à Guillaume :

« Monsieur le maître... là-bas, sur la poutre, prenez cette image de la bonne Vierge... »

Il désignait une grossière statuette en bois, taillée par le couteau naïf de quelque bûcheron ayant des instincts d'artiste, et que le temps, la fumée avaient rendue toute noire.

L'instituteur obéit.

« Soulevez son manteau... poursuivit le moribond d'une voix de plus en plus affaiblie. Elle est creuse... Une cachette... une tirelire... »

Effectivement, Guillaume venait de trouver le secret. Quelques pièces blanches roulèrent sur le sol.

La statuette en était presque entièrement remplie.

Avec un regard où brillaient à la fois la tendresse et l'orgueil, le père Sylvain dit encore :

« Depuis cinq ans, jour par jour... j'ai mis là tout ce que j'ai pu... nos petites économies... C'est la dot de Claudine... je vous la confie, maître Guillaume.., Adieu ! »

Après une dernière convulsion, la mourante venait de retomber sur sa couche.

« Me voici, Marianne !... murmura-t-il en s'y renversant à son tour. Me voici ! »

Et la main dans sa main, il expira.

Son pressentiment ne l'avait pas trompé, son vœu se trouvait accompli... leurs deux âmes s'en retournaient ensemble dans le ciel.

. . . .

Cependant, Claudine s'était redressée, toute pal-

pitante de désespoir et d'épouvante ; elle allait se
jeter à corps perdu sur les deux cadavres.

Guillaume la retint dans ses bras.

Elle y fut saisie d'une violente crise nerveuse.

Puis, avec des sanglots, des spasmes, elle s'é-
vanouit.

Cherchant du regard un aide, l'instituteur aperçut la Simonne, qui l'avait suivi, qui le regardait.
Il lui dit :

« Vous avez entendu, Simonne ?

— Oui ! répondit-elle ; nous nous comprenons,
Guillaume. J'avais un fils, me voici maintenant une
fille... Emmenons votre sœur. »

Mais déjà Claudine se ranimait, vaillante et résolue.

« Non ! dit-elle : je reste ici. Jusqu'à sa dernière heure, il a travaillé pour moi ; jusqu'au dernier moment, je ne les quitterai pas ! »

Dans le cœur de cette enfant, il y avait le courage et la volonté d'une femme.

Avec les femmes qui veillèrent, elle passa la
nuit ; elle les aida à ensevelir ses chers morts.

Elle voulut leur dire un dernier adieu, leur
donner à chacun un dernier baiser, avant qu'on ne
fermât les deux cercueils.

Le lendemain, elle les accompagna jusqu'au
cimetière.

La Simonne et Guillaume étaient à ses côtés.

Mais lorsque la fosse fut recouverte, l'exaltation qui soutenait la pauvre enfant tomba tout à coup. Ses yeux en pleurs se voilèrent et, toute frissonnante, comme morte, elle s'affaissa sur elle-même.

Guillaume l'enleva dans ses bras, la Simonne la couvrit de sa mante. Ils l'emportèrent.

« Bien ! dit le curé qui connaissait leurs charitables intentions, c'est bien, mes enfants... Dieu vous bénira ! »

IX

UNE RESSEMBLANCE

Claudine fut en proie à une fièvre ardente.
Dans son délire, elle appelait le père Sylvain, Marianne... Un instant, on craignit pour sa vie.

Mais chez ces natures aimantes et nerveuses, si
les commotions morales sont terribles, il existe
une vitalité, des forces qui reprennent promptement le dessus.

D'ailleurs la Simonne était là, veillant, soignant
sa chère malade avec une sollicitude vraiment maternelle.

Enfin Claudine se calma, se rétablit. Sa figure,
un peu plus maigre et très-pâle, faisait paraître
ses yeux noirs encore plus grands, encore plus
étranges.

Le médecin avait permis qu'elle se levât. Mais,
pendant quelques jours, elle devait garder encore
la chambre.

C'était vers le commencement de l'automne. Un temps admirable, un doux soleil. On installait la jeune convalescente auprès de la fenêtre ouverte. Avec une curiosité naïve, elle regardait le village, les allées et venues des paysans, leurs travaux, les groupes qui se forment le soir devant les portes, l'entrée et la sortie de l'école. Tout l'étonnait, l'intéressait. Jamais elle n'avait assisté à pareil spectacle. A peine, depuis cinq ans, était-elle sortie de ses grands bois. On eût dit une sauvage.

La Simonne l'apprivoisait doucement. Elle répondait à ses questions ingénues, tout en s'efforçant de dompter ses beaux cheveux épars et rétifs. Dès les premiers jours, une robe de deuil avait été faite pour l'orpheline. Lorsqu'il fallut lui en agrafer le corsage, ce fut une grosse affaire. De même, la première fois qu'on lui mit des bas et des souliers. C'était bien plus commode d'aller les pieds nus !

Après chaque classe, Guillaume montait auprès de sa sœur d'adoption. Elle l'écoutait avec docilité, paraissait heureuse de lui obéir. Une ardente reconnaissance, une affection profonde, se développaient dans ce jeune cœur déjà si rudement éprouvé. Certes, la Simonne en avait sa bonne part. Mais Guillaume était pour Claudine une sorte de Dieu. Il était apparu pour la défendre,

C'était pour elle un protecteur, un instituteur, un frère. Elle lui devait tout, elle avait foi en lui.

Chaque fois, on causait longuement de la vie qu'on allait mener, de mille choses enfantines et instructives, de Marianne et du père Sylvain.

« Ah ! répétait Claudine, en embrassant tour à tour la Simonne et Guillaume, je les retrouve en vous ! Je sens que vous m'aimez comme ils m'aimaient !... Autant que je les aimais, autant je vous aime ! »

Et c'étaient des embrassements ! des sourires ! A travers ses larmes, déjà Claudine retrouvait le sourire.

Quand la Simonne était seule avec Guillaume, elle le remerciait de lui avoir donné Claudine.

« Quel bon petit cœur ! disait-elle ; jamais je n'ai vu fillette aussi charmante ! »

Une quinzaine de jours se passèrent ainsi.

Lors de la catastrophe, Martin Fayolle se trouvait absent. Ses affaires l'avaient obligé à un assez long voyage. Aussitôt de retour, il rendit visite à l'instituteur.

« Je viens vous demander un conseil, dit-il. Voici bientôt la vendange. Elle est déjà terminée dans le Midi ; j'en arrive, car il est bon de se tenir au courant... Vous savez, je fais le commerce des vins, moi. Il y en aura beaucoup cette année, et

du très-bon. Mais on craint qu'il ne se garde pas.
Jarni ! ce serait dommage. Vous, qui vous intéressez aux choses de l'agriculture, aux nouvelles
découvertes, informez-vous donc s'il n'y aurait
pas moyen de nous prémunir. Ce serait rendre
service à tous les vignerons du pays.

— Bien ! fit Guillaume, j'en prends note.

— Merci... Parlons maintenant de Gratienne.
En êtes-vous content, de ma fillette ?

— Très-content. Elle est intelligente... et si sa
santé lui permettait d'être plus assidue...

— Ah ! oui, sa santé... murmura le maire,
sur le visage duquel passait un nuage de tristesse.

— Voilà trois jours que nous ne l'avons vue,
demanda Guillaume, serait-elle plus souffrante ?

— Oui, j'ai retrouvé l'enfant toute pâlotte, et la
Nanon tout inquiète. Après ça, elle s'inquiète si
facilement, Nanon... Elle aime tant la petite ! Mais
elle la dorlote trop. Croiriez-vous que par ce beau
soleil elle prétendait la retenir à la maison !... J'ai
ordonné une promenade. Elles sont parties toutes
les deux, elles doivent me prendre chez vous en
passant... Ah ! maître Guillaume, c'est désolant
d'avoir une fille aussi chétive... Parfois, quand
je la regarde, j'ai peur... et je pense à sa pauvre
mère ! »

Guillaume voulut rassurer Martin Fayolle.

« Parlons d'autres choses ! l'interrompit-il.
Vous voilà père aussi, d'après ce que je viens d'apprendre ? Vous avez adopté une orpheline... c'est
très-beau, d'accord... mais, permettez-moi cet
avis, il est sage d'y regarder à deux fois avant de
s'imposer charge trop lourde. Cependant ce sont
vos affaires, et l'on assure que la petiote est bien
avenante.

— Ah ! vous savez...

— Oui, par Gratienne. Ma fille l'a aperçue à
votre fenêtre. Elle m'a parlé de ses yeux, qui sont
très-grands, très-beaux, très-noirs... Un frisson
m'a passé dans le cœur... ma pauvre défunte avait
des yeux comme ça... Vous savez que j'en garde
souvenance !

— Mais, observa Guillaume, vous devez connaître Claudine ou du moins l'avoir déjà rencontrée....

— Claudine ! qu'est-ce que c'est que ça ?

— Eh ! ma petite forestière.

— Non... Je ne vais jamais dans les bois, ayant
eu maille à partir avec les bûcherons et les braconniers. J'en ai fait condamner quelques-uns,
c'était mon devoir. Il y a surtout un certain Jean
Margat, qui me garde rancune. Les gendarmes
devraient bien nous en débarrasser, de celui-là.
Lorsque de pareils gars ont en main leur fusil,

lorsqu'ils sont à l'affût, ils tireraient sur un homme aussi bien que sur un chevreuil. Je ne suis pas plus poltron qu'un autre, mais autant rester à distance. Voilà des années que je ne vais plus en forêt. »

Depuis la veille, Claudine avait permission de descendre ; Guillaume l'appela.

Martin Fayolle venait de s'asseoir auprès de la fenêtre vivement éclairée par le couchant.

Un journal s'était rencontré sous sa main ; il le parcourait avec indifférence.

Claudine accourut à la voix de Guillaume ; mais, intimidée par la présence d'un inconnu, elle s'arrêta au fond de la salle qui restait plongée dans l'ombre.

L'instituteur, allant lui prendre la main, l'amena dans la partie lumineuse, auprès de Martin Fayolle.

Celui-ci releva la tête, aperçut l'enfant.

Tout aussitôt, un cri s'échappa de ses lèvres, une vive émotion se peignit sur ses traits.

Il voulut se redresser, il retomba, le regard toujours fixé vers Claudine, les bras étendus vers elle, le visage inondé de larmes.

Guillaume et Claudine le regardaient avec étonnement.

« Jeanne !... put-il s'écrier enfin. Jeanne, est-ce toi ? »

C'était à Claudine qu'il s'adressait.

« Mais, dit Guillaume, c'est Claudine. »

Ces mots rompirent le charme. Martin Fayolle tressaillit et passa la main sur son visage, comme un homme qui croit sortir d'un rêve. Puis, regardant de nouveau la fillette, il l'attira vers lui d'un geste suppliant, il murmura d'une voix pleine de douceur et de tendresse :

« Oui... je comprends... je sais...., Mais c'est merveilleux... merveilleux comme elle ressemble à Jeanne... à ma pauvre défunte que j'ai tant aimée ! Elle avait cet âge-là quand je la vis pour la première fois.... Approche, mon enfant... plus près... plus près encore. »

Et comme elle obéissait, il la prit par les deux bras, il l'orienta vers le rayon de soleil, il poursuivit avec une exaltation croissante :

« Les mêmes traits !... le même sourire ! les mêmes yeux surtout.... Ce sont ses yeux ! c'est sa vivante image !...Je crois la revoir...je la revois... Elle est sortie du tombeau !... Maître Guillaume, je vous remercie, c'est à vous que je dois cet instant de bonheur ! Jarni ! mettez-moi de moitié dans votre adoption !... Si Dieu a donné à cette enfant la ressemblance de Jeanne, c'est qu'il veut que je sois bon pour elle... et je n'y faillirai pas ! »

Il étreignait Claudine contre son cœur, et, le

regard vers le ciel, semblait le prendre à témoin
de sa promesse. Il éclatait en sanglots.

En ce moment, la porte de la rue s'ouvrit, donnant passage à Gratienne amenée par Nanon.

« Qu'avez-vous donc, notre maître ? demanda
la servante.

— Ce que j'ai !... répondit-il en prenant à deux
mains la tête de Claudine, qu'il tourna vers Nanon.
Ce que j'ai !... Toi qui as connu Jeanne... tiens...
regarde ! »

La Nanon s'avançait en souriant ; elle se rejeta
soudainement en arrière, la bouche béante, l'œil
hagard, le visage blêmissant et terrifié comme à
l'aspect d'un fantôme.

« C'est étrange ! » murmura Guillaume.

X

OCTOBRE

Le lendemain matin, Martin Fayolle envoya pour Claudine un trousseau complet, pris à même de celui de Gratienne.

Entre les deux classes, avec Gratienne, il arriva.

« J'entends, dit-il, que ces deux fillettes-là fassent promptement connaissance... Claudine, il faut aimer ma fille... Ma fille, Claudine ressemble à ta mère. »

En même temps, du regard et du geste, il les poussait l'une vers l'autre.

Elles devaient avoir à peu près le même âge.

Gratienne était un peu plus grande, mais beaucoup plus frêle. Son teint incolore, sa démarche lente, une certaine mélancolie répandue sur son visage, tout en elle indiquait une croissance difficile, un état maladif et souffrant. Elle manquait de spontanéité, d'espérance.

En la voyant, on éprouvait pour elle une sympathie mêlée de pitié. Elle était jolie. De beaux cheveux blonds, des yeux bleus, un air de douceur et de bonté. Dans le regard, dans le sourire, cette tristesse sans motif, cette vague inquiétude qui se remarque chez ceux qui doivent mourir jeunes.

Quelle différence avec Claudine ! Bien que sortant à peine de convalescence, Claudine était déjà plus colorée, plus alerte, plus vivante. Sous sa peau, brunie par le hâle, on sentait courir un sang généreux. Même dans les larmes, ses yeux brillaient. Ses dents étaient blanches comme du lait ; ses lèvres rouges comme des cerises. Rien de pur comme le souffle qui s'en exhalait : l'haleine d'une fleur. On aimait à lui voir des vivacités, des abandons, des fougues d'adolescence. Elle se sentait heureuse de vivre ; elle faisait honneur à la vie.

« Ah ! murmura Martin Fayolle en les regardant tour à tour, la plus riche des deux c'est celle qui a la santé ! »

Puis, tandis que la Simonne emmenait les fillettes vers l'autre chambre, se retournant vers l'instituteur :

« Eh bien ! maître Guillaume..., ne m'avez-vous pas écrit que vous auriez ' ne emander quelque chose à mon retour? De quoi s'agit-il? »

Guillaume avait reçu la réponse de Philippe Mesnard. Une réponse favorable. De plus, des livres, des brochures, des traités de drainage et d'assainissement. Il avait étudié la question, revu le terrain, consulté M. l'abbé Denizet. Son projet lui paraissait réalisable.

« Monsieur le maire, répondit-il, nous avons déjà parlé d'un jardin, d'un gymnase.... »

Martin Fayolle eut le geste d'un homme regrettant qu'on lui demande une chose impossible.

« Attendez! reprit l'instituteur, cela ne coûtera rien à la commune. Elle me donnera le terrain, voilà tout.

— Jarni! croyez-vous donc que la terre ce ne soit pas de l'argent?

— Pas toujours. Il s'agit du Champ-sous-l'Eau.

— Cinquante hectares!

— Je ne vous en demande qu'un arpent.

— Eh! qu'en ferez-vous, bon Dieu! c'est à peine s'il y pousse quelques mauvais brins d'herbe. Un marécage!

— J'espère l'assainir... à mes frais. Que risquez-vous? Si je réussis, cet arpent pourra servir d'exemple pour les autres.

—- Mais encore vous faudra-t-il des travailleurs?

— J'ai mes élèves. Ce sera notre domaine, nous y travaillerons ensemble.

— J'ai grand'peur d'autoriser une folie.

— Laissez-nous tenter l'aventure.

— Ça ne dépend pas de moi seul, il y a le conseil municipal.

— Appuyez ma proposition, je suis certain du succès.

— A votre gré, maître Guillaume ! »

Le dimanche suivant, les conseillers s'assemblèrent ; l'arpent fut accordé.

C'était vers le commencement d'octobre. Le cours de natation se trouvait terminé. L'instituteur présenta son idée comme une nouvelle récréation. il enrôla ses écoliers, il les passionna comme pour la chasse aux hannetons.

Désormais, entre chaque classe, ce fut plaisir de voir ce jeune régiment, armé de pioches, de bêches, de pelles, courir et s'éparpiller sur le terrain, y creuser avec ardeur les tranchées, les canaux dont le maître d'école avait tracé le plan.

Cependant, les malins du village en faisaient des gorges chaudes, et la besogne n'avançait que lentement. Un secours inattendu s'offrit de lui-même.

A deux kilomètres au plus du village, s'élève un château de construction moderne. C'est la propriété du baron d'Orgeval.

Il venait d'y arriver avec son fils, jeune homme d'une vingtaine d'années, très en retard dans ses études.

Son père rendit visite à l'instituteur et lui dit :

« Voilà plusieurs fois que mon fils se présente au baccalauréat et qu'on le refuse...

— Retoqué ! murmura le jeune gandin, tout en caressant sa moustache naissante.

— Il est très-paresseux, poursuivit le père, et s'en moque, comme vous pouvez le voir. Mais j'y tiens, moi ! Pendant les vacances, pourriez-vous le préparer à subir une dernière épreuve ?

— J'essayerai, » consentit Guillaume.

La tâche n'était pas facile. Anatole, — l'aspirant bachelier, — comptait sur sa richesse à venir et, dans son vaniteux dédain, se souciait médiocrement du diplôme. Mais l'instituteur s'y prit de telle façon que, pour la première fois, l'élève accepta les leçons sans répugnance. Guillaume avait l'art de les rendre attrayantes. Il n'était guère plus âgé que le fils du baron ; chaque jour il lui répétait : Vous feriez tant de plaisir à votre père !

Grande était, en effet, la satisfaction du vieux gentilhomme. Vers la fin de la saison, lorsqu'il demanda :

« Pensez-vous qu'Anatole réussisse enfin ?

— Je l'espère, » répondit le maître d'école.

Le baron tira de sa poche un porte-monnaie, l'ouvrit... Mais, au moment d'y puiser, se ravisant tout à coup :

« Je n'ose vraiment pas vous offrir de l'argent, monsieur Guillaume... car j'ai su vous juger ; je vous estime fort. Voyons... n'est-il pas autre chose que vous accepteriez plus volontiers ?

— Monsieur le baron va au-devant de mes désirs, répondit Guillaume. Il est une récompense que je voulais lui demander...

— Expliquez-vous, mon ami.

— On vient d'exécuter dans votre parc de grands travaux de nivellement, de vallonnement. Voici là-bas des monceaux de cailloux qui vous embarrassent. Plus loin, un restant de tuyaux de drainage, qui vous sont peut-être inutiles. Je serais très-content si vous me donniez tout cela.

— Qu'en voulez-vous donc faire ? »

Le maître d'école expliqua son œuvre, son espérance.

Le vieux gentilhomme l'avait écouté avec une attention des plus sympathiques.

« C'est très-méritoire ! répondit-il. A vous tous ces matériaux, et mieux encore, les ouvriers qui viennent de travailler pour moi. Ce sont des terrassiers nomades que j'avais engagés jusqu'à la fin d'octobre. Tout est fini dans le parc, je comptais

6.

les congédier demain. Jo les garde jusqu'à l'expi-
ration de leur engagement... dix jours encore...
et j'entends qu'ils travaillent pour vous, ou plutôt
pour la commune. Ne me remerciez pas. Si mon
fils obtient son diplôme, c'est nous qui vous serons
reconnaissants. »

Le desséchement du jardin d'école était assuré.

Pendant ce temps-là, l'étrange affection de
Martin Fayolle pour Claudine se confirmait, en ga-
gnant le cœur de Gratienne.

Gratienne était une aimante et douce créature.
Confinée jusqu'alors à la maison par son état de
langueur, elle avait vécu à l'écart des autres fillettes
de son âge, et cet isolement la rendait encore plus
mélancolique. Elle fut joyeuse, heureuse, de trouver enfin une compagne, une amie. Et d'ailleurs,
qui n'eût aimé Claudine ?

Afin de se rencontrer plus souvent avec elle, la
fille du maire voulut aller à l'école. Guillaume les
plaça l'une à côté de l'autre. Elles s'aidaient mu-
tuellement dans leurs études. A la récréation,
elles partageaient les mêmes jeux. Presque chaque
jour, Gratienne demandait à Claudine de l'accompagner jusqu'à la ferme ; elle l'y retenait longtemps.
C'étaient des babillages et des confidences à n'en
plus finir. La petite forestière, la petite sauvage,
s'était tout d'abord effarouchée de tant de préve-

nances ; mais elle avait le cœur reconnaissant et
généreux. Elle se sentait la plus forte, elle devint
la protectrice. En promenade, elle donnait le bras
à Gratienne. Lorsque Gratienne était plus souffrante, elle soutenait ses pas chancelants. On eût
dit qu'elle voulait lui communiquer son agilité, sa
vigueur. Et réellement, à ce contact magnétique,
Gratienne se revivifiait. Ses yeux bleus devenaient
brillants lorsqu'ils se fixaient sur les yeux noirs de
Claudine.

Quelqu'un, cependant, voyait avec déplaisir cette
amitié. C'était la Nanon. Elle semblait jalouse de
l'étrangère. La première fois que Claudine avait
franchi le seuil de la ferme, elle avait fait un pas
en avant comme pour lui barrer le passage. Sous
mille prétextes, elle cherchait à l'éloigner. En sa
présence, elle restait muette, les sourcils froncés,
la mine presque hargneuse. Évidemment elle
souffrait de voir l'orpheline ainsi accueillie dans
la maison. Parfois, on eût dit qu'elle en avait
peur.

Heureusement, Martin Fayolle encourageait
hautement l'intimité des deux fillettes. Quand il
rapportait de la ville quelques joujoux, quelques
friandises, il fallait que Claudine en eût sa part.
Chaque semaine, c'était un petit cadeau ; jamais
on ne l'avait vu si donnant. Souvent il l'appelait

Jeanne... puis il l'embrassait. Une affection vraiment paternelle.

Aussi, l'abbé Denizet, témoin de toutes ces générosités, lui dit un jour :

« Dieu bénira votre maison, maître Fayolle ! »

Vers la fin d'octobre, maître Guillaume annonça qu'il s'était mis au courant des nouvelles découvertes relatives à la viticulture, à la conservation des vins, et que le dimanche suivant, si les vignerons voulaient bien se réunir à la maison d'école, il leur communiquerait tout ce qu'il venait d'apprendre.

« Jarni ! s'écria le maire, c'est important, c'est urgent, car déjà la vendange se trouble ! A dimanche, donc, maître Guillaume... »

Le dimanche, on le sait, l'instituteur allait tenir dans la journée sa classe forestière.

Bien que Claudine fût maintenant au village, bien que la saison s'avançât déjà, il n'en continuait pas moins cette bonne œuvre ; il n'aurait eu garde d'y manquer.

Mais la préparation de sa conférence du soir l'avait mis en retard ; il pressait le pas.

C'était par une triste après-midi d'automne. Une épaisse brume rétrécissait l'horizon. Déjà quelques gouttes de pluie commençaient à tomber.

En passant près du manoir habité par Arsène

Hardoin, Guillaume en vit sortir, non sans quelque étonnement, Jean Margat.

Le Sanglier semblait reconduit par l'usurier. Que pouvait-il y avoir de commun entre ces deux hommes ?

Guillaume retourna la tête, et remarqua qu'ils le suivaient du regard, avec des airs narquois et menaçants.

L'instituteur ne s'en inquiéta nullement ; il se sentait en main un bâton de cornouiller ; il était brave.

Parvenu aux cabioles, il y donna sa leçon, et repartit aussitôt.

Déjà la nuit venait.

Une nuit sombre.

Pressé par les exigences de sa vie active, le maître d'école prenait ordinairement un sentier qui raccourcissait de beaucoup la distance.

Ce sentier, vers la lisière de la forêt, se trouvait coupé par un étroit ravin, très-profond, hérissé de roches, parmi lesquelles courait un torrent.

Une planche, jetée sur l'abîme, permettait de le franchir.

Comme Guillaume arrivait au milieu de ce pont fragile, il le sentit tout à coup tourner, manquer sous ses pas.

Il tomba en jetant un cri.

A ce cri répondit un éclat de rire.

Guillaume, précipité parmi les roches, se sentit brisé, crut mourir.

En s'évanouissant, il entrevit un homme qui fuyait ; il crut reconnaître Jean Margat.

XI

A PHILIPPE MESNARD

Cédons une seconde fois la parole à maître Guillaume...

Vers la fin de l'hiver, il écrivit à son ami Philippe Mesnard.

Après lui avoir raconté l'accident qui termine le précédent chapitre, il continuait ainsi :

« Je ne tardai pas à revenir à moi, je parvins à me relever.

Mon corps était endolori. Partout des contusions. Une blessure à la jambe, une autre à la tête. Le bras gauche me faisait horriblement souffrir ; je crus qu'il était cassé.

A la hauteur de la lune qui passait entre deux nuages, je jugeai qu'il devait être environ six heures du soir.

Il me restait juste le temps d'arriver pour mon cours aux vignerons. J'avais promis ; on allait m'attendre. Pour rien au monde je n'aurais voulu manquer au rendez-vous.

J'essayai de marcher.,. je ne pouvais pas. Le désespoir s'empara de moi. Je retombai sur une pierre et me pris à.pleurer comme un enfant.

Mais tout mon être se révolta contre cette faiblesse. Je domptai la douleur, et m'accrochant aux roches, aux broussailles, je remontai la pente du ravin, je me traînai jusqu'à la route.

Elle était déserte.

La lune avait disparu. Autour de moi tout était silence et ténèbres. Vainement je regardai, je criai. Personne ne me répondit.

Quelques minutes s'écoulèrent. Mes forces étaient épuisées. Déjà le découragement me reprenait, lorsque tout à coup, dans le lointain, j'aperçus une lueur.

Elle arrivait sur moi ; elle s'approchait rapidement. J'entendis le roulement d'une voiture. Bientôt, dans la nuit, je distinguai la lanterne et la capote d'un cabriolet.

Au moment où il allait passer devant moi, j'appelai .

Une tête se pencha en dehors, dans le cercle lumineux.

N'en doute pas, Philippe, Dieu n'abandonne jamais les honnêtes gens. C'était le médecin du bourg, qui se rendait au village.

Il arrêta son cheval, sauta sur la route, courut à moi, m'interrogea.

Que lui répondis-je? je l'ignore. Il voulait m'asseoir sur un tas de cailloux, examiner à l'instant mes blessures. Je me redressai malgré lui, je m'écriai :

« Non !... pas ici... Là-bas... à l'école... on m'attend ! »

Je m'étais élancé vers le cabriolet. J'y montai... je m'y évanouis de nouveau.

Quand je repris connaissance, nous étions chez moi, dans la chambre de la Simonne, qui s'empressait de me secourir, aidée par Claudine.

Comme elle semblait inquiète, la pauvre enfant! Jamais je n'oublierai l'affection que j'ai lue ce soir-là dans ses yeux !

Déjà le médecin avait pansé mes contusions, arrêté le sang qui coulait sur mon visage. C'est un praticien très-adroit ; c'est même un habile rebouteur. La foulure de mon bras se trouvait si bien massée, comprimée par un bandage, qu'à peine j'y ressentais un reste de souffrance.

Il me fit prendre un cordial et me dit :

« Ce ne sera rien, maître Guillaume. Mais il

7

vous faut du calme, du repos. Couchez-vous, dor-
mez. »

En ce moment même, la cloche du village sonna
l'Angelus.

« C'est l'heure de mon cours, répondis-je, j'y
dois aller, j'irai ! »

Vainement la Simonne et Claudine tentèrent de
s'opposer à cette résolution. Le docteur lui-même
finit par se ranger de mon côté.

« Laissez-le faire, dit-il. A son âge une vaillante nature sait triompher du mal. L'instituteur,
le prêtre et le médecin sont des soldats qui ne s'a-
litent pas un jour de bataille. Courage donc, mon
ami... Vous êtes héroïque ! »

C'est lui qui l'a dit, ce n'est pas moi. Je te l'a-
voue, cependant, il avait raison. Mes oreilles bour-
donnaient, ma tête était en feu. A peine pouvais-
je me tenir debout. Je souffrais à crier, j'avais la
fièvre.

Nonobstant, je pris mes livres, et je partis.

Le docteur me donnait le bras. Il me soutint, il
me conduisit.

Ah ! mon cher Philippe, comme je fus récom-
pensé d'avoir fait mon devoir ! quel spectacle,
quelle joie m'attendaient à l'école !

Figure-toi, sur les bancs occupés d'ordinaire
par les enfants, trente vignerons, des hommes

faits, des têtes blanches. Deux lampes, accrochées
à la muraille, éclairaient leurs rudes physionomies,
attentives et respectueuses. Quelques-uns se trouvaient dans l'ombre, mais je voyais luire leurs
regards curieusement fixés sur moi. Ah ! l'on prétend que les adultes répugneraient aux leçons !
J'eusse voulu que l'un de ces incrédules pût voir
quel attrait exercent, sur l'esprit de nos paysans,
les sciences qui touchent à leurs occupations,
à leurs intérêts. J'allais parler viticulture et conservation des vins ; je résumai, j'expliquai d'une façon
simple, claire, efficace, les beaux travaux, les
récentes découvertes de M. Pasteur. Il s'agissait de
chimie, de physique, de choses inconnues, toutes
nouvelles pour mon auditoire. Quelle application !
quel silence ! Pendant près de deux heures, pas
un n'a bougé. Ils semblaient suspendus à mes
lèvres, ils buvaient mes paroles.

Aussi, vers la fin du cours, une émotion profonde traversa mon âme. Je me souvins du col-
lège et, dans ma pensée, j'établis la comparaison
entre nos classes supérieures et cette classe d'a-
dultes. Mes vignerons méritaient la palme. Ils travaillent mieux que nous ; le désir de comprendre
et de retenir brille dans leurs yeux ; j'ai vu pour
la première fois ce beau idéal d'une classe à la
fois ardente et recueillie. Je ne saurais te dire

combien j'étais heureux. Ah! tu peux m'en croire, ma fatigue, ma souffrance, tout était oublié!

Par exemple, le lendemain, quelle courbature! j'étais brisé, abruti. Mais la vendange ne se gâtera pas, comme dit Martin Fayolle, et la cause de l'instruction est gagnée. Victoire!

La semaine suivante, on m'a prié de recommencer la leçon. Quelques vignerons des alentours sont venus. Il y en avait qui prenaient des notes. Pour les autres, j'en ai fait rédiger par mes écoliers. C'est M. Pasteur qui serait content s'il savait cela!

Autre résultat de ce premier succès : les habitants de la commune commencent à prendre l'habitude de consulter l'instituteur, à propos d'agriculture, à propos d'hygiène, à propos de tout. On vient me trouver le soir ; les soirées sont très-douces cet automne. On se groupe, on s'assied devant ma porte, et nous causons.

C'est vraiment inouï, qu'après tant de révolutions, tant de grandes phrases en l'honneur du progrès, les paysans français croupissent encore dans une aussi profonde ignorance! Hier encore ils ne se rendaient compte de rien. Grâce à Dieu, voici l'élan donné. On n'était qu'endormi, on se réveille. Chez nous, l'intelligence est vive et rapide ; nos paysans ne seront plus reconnaissables dans dix ans d'ici. Ils trouveront pour s'instruire ce même enthousiasme, cette même *furia*, qui nous fait gagner les batailles.

Cependant, il ne faut pas aller trop vite, et savoir saisir le prétexte, l'occasion. Hier soir le ciel était resplendissant d'étoiles, j'en ai profité pour un petit cours d'astronomie, à la portée de ceux qui m'entouraient. Ils iront demain au marché, par le chemin de fer, à la ville ; je leur ai fait comprendre que c'était se montrer ingrat envers la civilisation, envers Dieu, que de ne pas savoir apprécier les merveilles qui s'accomplissent sous nos regards ; et nous avons parlé de la locomotive qui les entraînera si vite, des fils télégraphiques qui sembleront courir le long du chemin, du gaz qui s'allumera au moment de leur départ. Désormais ils s'intéresseront à tout cela, ils seront de leur siècle.

En fait d'histoire et de géographie, j'ai tout un système que je pratique avec mes petits comme avec mes grands enfants. Que sont nos villageois, sinon de grands enfants ? Au lieu de débuter par les grandes divisions de notre globe, je commence par la topographie du village. Ici le nord, là le midi ; montrez-moi l'est et l'ouest. Connaissons d'abord notre arrondissement ; puis notre département, notre province, notre France. Après, nous

regarderons plus loin. On aime mieux son pays
quand on le sait par cœur. Et notre histoire donc,
cette source vive du patriotisme! Pourquoi s'attacher
aux Égyptiens, aux Grecs, aux Romains? Sachons
d'abord ce que c'est que cette ruine qui domine le
coteau; ce qui s'y est passé, ce qu'elle nous
raconte; les grandes épreuves où notre nationa-
lité s'est fondue, trempée; les luttes de nos pères
contre l'invasion étrangère, et pour conquérir les
droits, les libertés dont nous jouissons. Laissons,
laissons dans l'ombre les Pharamond, les Chil-
péric et les Childebert! Honorons Charlemagne,
saint Louis, Philippe-Auguste, Louis XII. Henri IV
et Louis XIV! Que dans le moindre village ils
soient populaires ces héros et ces génies qui sont
notre gloire : Turenne, Jean Bart, Richelieu, Sully,
Bayard, Duguesclin, Jeanne Darc! J'ai passionné
mes paysans pour Jeanne Darc! Leur cœur a
battu au récit de son dévouement; ils ont pleuré
sur son martyre. A peine la connaissaient-ils!
C'est une honte pour un Français que de ne pas
connaître et aimer cette glorieuse incarnation de
la France, cette fille du peuple, cette paysanne,
cette sainte, qui puisa dans son héroïsme le courage de se sacrifier au salut de son pays.

Je n'oublie pas non plus ces grandes époques,
les croisades, les guerres contre les Anglais, la

Renaissance, le siècle de Louis XIV, les guerres du Consulat et de l'Empire, la restauration du culte après l'orgie révolutionnaire.

Quant à la littérature, je ne procède encore qu'à petites doses. Nous avons lu quelques pages de La Fontaine, de Molière, de Chateaubriand. Plus tard, on verra.

Mais, diras-tu peut-être, tout cela n'a pas lieu devant ta porte, au clair de la lune.

C'était ainsi dans les commencements. Lorsque sont venus les premiers froids, nous nous sommes réunis dans les étables. Les femmes apportaient leur escabeau et leur ouvrage ; les hommes s'asseyaient sur des bottes de paille ; les enfants se juchaient un peu partout. La veillée traditionnelle.

Je n'avais garde d'ouvrir solennellement, tout de suite et de moi-même, une classe, un cours, une conférence.

J'attendais que Martin Fayolle attachât le grelot.

Il n'y a pas manqué.

« Maître Guillaume, a-t-il dit devant tous, est-ce qu'il n'avait pas été question entre nous d'une école du soir pour les adultes ? »

Ce mot ne lui écorchait plus la bouche.

« En effet, répliquai-je, M. le maire m'a dit que telle était son intention. J'attends ses ordres, »

Il ne broncha pas.

Mais, n'osant pas encore accepter l'initiative, il
me regardait en dessous, d'un air un peu confus,
bien que narquois, en vrai paysan de la vieille
Gaule.

« Quand voulez-vous que nous commencions ?
demandai-je.

— Le plus tôt sera le mieux ! déclara l'abbé
Denizet. L'instruction est un bienfait pour tous,
quand elle s'appuie sur les grandes vérités religieuses. »

Ah ! mon cher Philippe, que ne ferait-on pas
de nos villages avec le concours et la parfaite entente de ces trois grandes forces morales : le curé,
le maire et l'instituteur !   .   .   .   .   .   .   »

XII

UN HIVER BIEN EMPLOYÉ

Quelques jours plus tard, la classe du soir s'ouvrit.

Le maire, animé d'un beau zèle, s'était chargé des frais de chauffage et d'éclairage.

Maître Guillaume appelait à lui les illettrés de tout âge, ceux qui n'avaient rien appris, ceux qui avaient tout oublié.

Il leur enseignerait la lecture, l'écriture, le calcul.

A la première séance, il ne se présenta qu'une douzaine d'élèves. On n'osait pas encore, on craignait la raillerie.

Mais, dès le second soir, un grand exemple fut donné.

L'adjoint Legrip vint s'asseoir sur les bancs de l'école avec ses trois fils.

7.

« Nous apprendrons ensemble, dit–il. Je sais ce
que coûte l'ignorance ; je ne veux plus que nous
soyons des ignorants ! »

Tous les autres prirent courage : jeunes gens,
hommes mûrs et vieillards. C'était à qui serait
gagné par l'émulation d'apprendre, de pouvoir
conduire ses affaires soi-même. Un gendarme de
la brigade voisine sollicita son admission, se
montra l'un des plus assidus, bien qu'il eût plus
de deux lieues à franchir pour se rendre au cours.
Il voulait devenir capable de passer brigadier.

L'instituteur pleurait de joie.

« Dans deux ou trois ans, disait-il, ma commune
sera citée à l'ordre du jour. »

Si parfois on lui objectait que, pendant l'été,
s'oublieraient les leçons de l'hiver :

« Nous recommencerons l'hiver prochain ! ré-
pliquait-il. Nous sommes tous des hommes de
bonne volonté, n'est il pas vrai? Quelques mois
suffisent pour apprendre à lire à des hommes fer-
mement résolus. L'esprit de l'enfant est comme
une lande inculte qu'il faut défricher péniblement,
longuement ; mais l'esprit de l'adulte, c'est un sol
où l'air et le soleil ont accumulé des forces pro-
ductives... ouvrez le sillon, et la semence répandue lèvera, fleurira. Demandez plutôt à M. le
curé !»

Le digne pasteur répondait affirmativement. Il savait de quel esprit était inspiré son instituteur.

A côté de cette classe élémentaire, il y en avait une autre d'un ordre plus élevé, d'un caractère tellement pratique que les adultes pouvaient en constater, pour ainsi dire après chaque leçon, le profit et les avantages. Ainsi, leurs progrès étaient merveilleusement rapides. On voyait l'intelligence se développer en eux, comme on voit au printemps monter la séve dans les vieux chênes.

Bientôt la classe fut trop pleine. Presque tout le village y venait.

Les femmes cependant restaient à l'écart. Elles se plaignaient même qu'on leur enlevât leurs maris.

« Venez chez la Simonne, dit maître Guillaume, et Claudine vous donnera des leçons. N'avait-elle pas commencé d'elle-même avec le pauvre père Sylvain? »

Martin Fayolle, d'abord incrédule, ne tarda pas à se ranger à l'avis des deux autres autorités du village lorsque Guillaume lui tint ce raisonnement :

« Vous vous intéressez à Claudine, n'est-il pas vrai? Vous souhaitez d'ailleurs que la commune ait plus tard une école pour les filles. Laissez-la donc faire son apprentissage d'institutrice. Tel est l'avenir que je lui rêve. »

Le cours pour les femmes s'établit donc, et désormais tout le monde fut content. Sauf le cabaretier du village. Cette belle fièvre d'instruction l'avait privé de toutes ses pratiques.

Et pour surcroît de malheur, ne voilà-t-il pas que maître Guillaume s'avise de tenir une conférence le dimanche soir !

Un jour de recette !

Tout le monde s'y rendait, voire même des hameaux d'alentour.

Plus personne au cabaret !

Grand-Louis, — le cabaretier,— commença par déblatérer contre l'instituteur. Il faisait piteuse grimace, il enrageait. Il l'appelait jésuite, clérical. Mais, un dimanche soir, il finit par se laisser entraîner par le torrent ; on le vit arriver avec les autres.

« Bah ! fit Martin Fayolle, comment te voilà, Grand-Louis ?

— Il le faut bien, morguenne ! je ne peux pas rester tout seul à boire mes topettes et mes petits verres ! Satané maître d'école ! »

Guillaume avait entendu cette sortie de l'infortuné débitant. Il tâcha de le calmer.

Celui-ci ne voulait rien entendre.

« Ça ne serait rien encore, disait-il d'un ton lamentable, si tout dernièrement, quel guignon ! je

n'avais pas remis à neuf ma grande salle. Une si
belle salle !

— Parfait ! s'écria Guillaume, justement la
nôtre devient trop petite.

— Vous moquez-vous, monsieur le maître ?

— Pas le moins du monde. Je songe à vous
indemniser, mon ami. Voyons, combien réalisez-
vous de bénéfice chaque dimanche?

— Eh! mais je n'aurais pas donné ma soirée
pour deux pistoles.

— J'ai plus de cent auditeurs, conclut Guillaume,
et je puis leur demander une cotisation de dix centimes par personne. Soit : dix francs. Voulez-
vous, à ce prix-là, me louer votre grande salle ?

— Tope ! dit Grand-Louis, c'est toujours ça de
rattrapé ! »

Le cabaret baissa pavillon et devint une salle de
conférences.

Maître Guillaume y parlait un peu de tout,
s'efforçant tout à la fois de moraliser et d'instruire
son auditoire. Tous les gros bonnets de la commune en faisaient partie. Le maire et le curé sié-
geaient aux côtés de l'instituteur. Ils lui adressaient
tour à tour des questions, des observations qui
stimulaient sa verve. Souvent une heureuse ré-
plique mettait en joie l'assistance. Un autre jour,
on trouvait moyen de l'émouvoir. M. le maître,

excellent lecteur, avait choisi dans la littérature moderne quelques-uns de ces récits touchants, amusants, qui provoquent le rire et les larmes. Ce n'était jamais un enseignement, mais une suite d'entretiens variés, familiers. Les paysans y prenaient un vif plaisir. Ils attendaient avec impatience, ils fêtaient à l'envi cette bonne veillée du dimanche.

Aussi, vers la fin de l'hiver, on imagina de donner à l'instituteur un témoignage de reconnaissance. Une souscription fut ouverte, une députation alla le trouver pour savoir s'il serait content d'avoir une barrique de vin dans sa cave.

« Une barrique de vin ! répondit-il, elle serait bientôt vidée, car je ne la boirais pas tout seul. Je vous propose d'employer autrement le produit de cette souscription qui m'honore... achetons une bibliothèque-armoire et remplissons-la de bons livres. »

Cette idée fut acclamée. Chacun voulut concourir à son exécution. Le menuisier, le serrurier se mirent à l'œuvre. Martin Fayolle avait fourni le bois ; l'abbé Denizet donna les premiers volumes. On en obtint du ministère ; le complément fut acheté. Bref, la bibliothèque de l'école se créa comme autrefois la cathédrale de Strasbourg, par un mouvement d'enthousiasme. C'est dans la pensée qu'est la grandeur des choses.

Puis, lorsque le tout fut obtenu, terminé, il y eut une joyeuse procession tout à l'entour de la commune. Ceux-ci portaient l'armoire, ceux-là les livres. Le tambour marchait en tête du cortége. On installa solennellement la bibliothèque dans la maison d'école. Et ce fut un beau jour de fête !

Cependant les adultes ne faisaient pas négliger les enfants. Guillaume enseignait même la musique. Dès l'arrivée de l'orgue-harmonium, tant souhaité par l'abbé Denizet, il avait dit à M. le curé, à M. le maire :

« Nos écoliers chanteront ; le méchant seul ne chante pas. C'est un plaisir honnête, un rapide agent de civilisation. Il rend l'homme meilleur, et s'accorde à merveille avec les travaux de la campagne. Voyez plutôt au delà du Rhin : dans toutes les chaumières, on rencontre un violon, un instrument de cuivre, parfois même un piano. Le paysan allemand n'en est pas moins bon laboureur et bon père de famille. Haydn était le fils d'un pauvre charron villageois.

« Je n'ai pas la prétention de former ici un Haydn ; mais avec la musique on embellit dans le plus humble hameau, les fêtes religieuses et les solennités populaires. Qu'il nous arrive une grande joie nationale et nous pourrons dignement la célébrer. »

En effet, à la nouvelle de la prise de Sébastopol, un *Te Deum* fut chanté par les élèves de maître Guillaume. C'était glorieusement inaugurer l'orphéon du village.

Ce jour-là, M. le curé figurait entre l'instituteur et le maire... Une main dans celles de chacun d'eux, il leur disait :

« Sous la soutane, comme sous l'uniforme, le frac ou la blouse, il n'y a plus aujourd'hui que des cœurs français !... Ah ! c'est en vain qu'on cherche à nous diviser... restons unis !...»

. . . .

Ainsi se passa l'hiver.

Il ne fut marqué que par un seul incident, l'arrestation de Jean Margat.

L'instituteur ne s'était pas plaint du guet-apens dont il avait failli devenir victime. Mais quelques méfaits antérieurs valurent au Sanglier deux ans de prison.

Guillaume se trouvait momentanément délivré de l'un de ses ennemis.

Restait l'autre.

XIII

UNE CONFÉRENCE AU VILLAGE

C'était la dernière conférence de la saison.

Guillaume allait prendre la parole, lorsque tout à coup, au milieu du silence, la porte s'ouvrit bruyamment.

Un soldat, un zouave parut sur le seuil.

A la vue de tout ce monde assis sur des bancs comme à l'école, il parut surpris, balbutia :

« Faites excuse ! je me trompe... est-ce que ce n'est plus ici le cabaret ? »

Plusieurs voix s'écrièrent :

« Eh ! c'est Martial Hardoin !

— Moi-même ! répondit-il. J'arrive de Sébastopol. Après avoir embrassé mon père, je voulais revoir les amis. »

Déjà quelques mains s'étaient tendues vers les siennes. Deux ou trois jeunes hommes lui donnèrent l'accolade. Il se trouvait maintenant en

pleine lumière. C'était à qui l'examinerait, l'admi-
rerait.

Il était vraiment beau, avec sa mâle figure
bronzée, sous son pittoresque uniforme. De plus,
les galons de sergent, la médaille militaire.

« Jarni ! s'écria Martin Fayolle, ça nous fait
plaisir de te revoir ainsi, mon garçon !... viens que
je t'embrasse ! assieds-toi là, près de nous, à la
place d'honneur... tu nous fais honneur à tous...
N'est-ce pas, vous autres ? Là-bas, dans la grande
guerre qui vient de se terminer, il représentait le
village ! il lui rapporte sa part de gloire ! »

En parlant ainsi, le maire désignait les insignes
et la décoration du sergent.

Celui-ci se laissait faire. Au milieu d'une accla-
mation générale, il franchit le degré de l'estrade,
il vint s'asseoir entre le maire et le curé, qui le
félicitait à son tour en l'appelant son enfant.

Lorsque se calma l'émotion causée par cette
scène, il y eut un moment de silence.

« Ah ! çà, dit le zouave, qu'est-ce que vous
faites donc ici ? On ne boit donc plus ?

— Non, répliqua le maire, on cause... et voilà
M. l'instituteur qui veut bien nous raconter ou nous
lire des histoires très-intéressantes, je te l'assure.
Bref, une conférence. »

Le soldat répéta ces deux mots d'un air étonné, quelque peu gouailleur.

« Une conférence», qu'est-ce que c'est que ça ? Inconnu au régiment.

— Écoute ! dit le curé, maître Guillaume est en train de nous raconter les anciennes victoires de l'armée française...

— Elle vient d'en remporter une nouvelle, s'écria l'instituteur, et je cède la parole au sergent qui en était. Pourquoi ne nous raconterait-il pas sa campagne ?

— Fameuse idée ! approuva Martin Fayolle. Nous ne lisons pas encore les journaux, nous ne savons rien de rien. L'histoire d'hier, c'est celle-là surtout qui est notre histoire !

— Quoi ! fit le soldat, vous pensez que ça ferait plaisir aux camarades... »

On ne le laissa pas achever. Cinquante voix crièrent en même temps :

« Oui... oui !... la campagne de Crimée !... le siége de Sébastopol. »

Le zouave se caressait la barbiche en souriant. Il rougissait, presque intimidé. On comprenait qu'il se disait en lui-même : « A quelques amis groupés autour d'une bouteille, passe encore ! » mais devant tout ce monde, il n'osait pas.

Le maire l'encouragea.

« Voyons ! dit-il, la Crimée c'est loin d'ici, de l'autre côté de la mer, si je ne m'abuse. Vous avez dû commencer par un beau voyage.

— Superbe ! débuta Martial ainsi lancé. Figurez-vous, à perte de vue, des flots bleus... qui brillent comme de l'or au lever du soleil. La nuit, sous les rayons de la lune, c'est de l'argent, ce sont des pierreries qui ruissellent. Sans compter que les grandes vagues se déroulent avec des lueurs phosphorescentes. Parfois, notre flotte semblait naviguer sur un immense bol de punch qui n'en finissait plus !

— Ah ! fit l'assistance ébahie.

— Comment a-t-on débarqué ? demanda l'instituteur, l'ennemi devait vous attendre.

— A distance ! répliqua le zouave avec un geste comique. Vaisseaux et chaloupes de combat s'étaient rangés auprès du rivage et montraient leurs dents, comme disent les matelots, à savoir, trois cents gueules de bronze, toutes prêtes à cracher une grêle de mitraille, d'obus et de boulets. Excusez du peu ! les Russes ne s'y sont pas frottés ! »

On rit.

« Donc, reprit Martin Fayolle, vous voilà à terre ?

— Autrement dit, le plancher des vaches, poursuivit Martial Hardoin. Nous allâmes camper sur les bords de l'Alma, une rivière qui ressemble à celle d'ici. De l'autre côté, de grandes collines qui, vers la droite, s'en vont jusqu'à la mer, où elles s'arrêtent brusquement par des falaises presque à pic.

Jamais l'ennemi n'aurait cru que nous pussions les franchir à moins d'avoir des ailes. Mais ne voila-t-il pas que le général Bosquet dit à ses zouaves : « Il faut arriver là-haut ! » Tonnerre ! ce fut beau de les voir s'élancer, grimper en se faisant la courte échelle, en s'aidant de leurs baïonnettes enfoncées dans le sol, en s'accrochant aux roches et aux broussailles. Partout quoi ! des chats sauvages ! Ils couronnent bientôt la falaise, ils s'y développent en tirailleurs. « En avant, les canons ! » commande le général. Pour le coup, c'était impossible... et cela fut, cependant. Les attelages s'enlèvent au triple galop, la terre tremble, un tourbillon de poussière monte en tournoyant jusqu'aux crêtes. Un éclair brille, une détonation retentit, la fumée se dissipe, et nous apercevons nos canonniers rechargeant leurs pièces. « Hurrah ! bravo ! » leur crie-t-on. Ils répondent en agitant leurs képis. La bataille venait de s'engager. A notre tour d'attaquer le centre.

— Et tu n'as pas eu peur ? dit le maire.

— Ma foi, si ! avoua franchement le soldat.

C'était la première fois que j'allais au feu. Mais
ce que je venais de voir me faisait déjà bouillir le
sang dans les veines. Et puis, on sent les coudes
des camarades et le drapeau vous entraîne. On
s'excite, on s'enflamme. Un souffle a passé dans
tous les cœurs. C'est l'âme du régiment ! c'est
l'âme de la France ! » Alors on ne songe plus à
rien. »

Martial était parti, dans sa narration comme
dans la bataille. Stimulé par les questions ar-
dentes de ceux qui l'entouraient, par les applau-
dissements frénétiques de l'assistance, il décrivit
rapidement, avec une pittoresque verve, en traits
de feu, la victoire de l'Alma, la marche des alliés
sur Sébastopol, les commencements du siége, les
tranchées, les embuscades, le bombardement, les
luttes nocturnes, Balaclava, Inkermann, le terrible
hiver qu'il fallut vaincre après avoir vaincu l'ennemi, les travaux gigantesques, les combats hé-
roïques et leurs mêlées sanglantes, les ouragans
d'artillerie succédant à ceux du ciel, le sol labouré,
pavé de boulets et d'éclats d'obus, toute cette
merveilleuse épopée, cette autre *Iliade*, qui demanderait un autre Homère !

Puis enfin, Traktir, le Mamelon vert, Malakoff
emporté, Sébastopol anéanti, la victoire !

Une fièvre d'enthousiasme avait transfiguré le

soldat. Tous ces assauts, toutes ces péripéties dans lesquelles il avait joué son rôle, on les comprenait, on les voyait passer dans ses paroles, dans ses gestes, dans ses regards. L'auditoire s'était passionné comme lui. La campagne de Crimée tout entière revivait en lui.

En terminant il était debout, il agitait son fez ainsi qu'un drapeau triomphant.

Il y eut dans la salle un moment de tumulte inexprimable. Hommes et femmes cherchaient à s'approcher du jeune héros. C'était à qui toucherait son uniforme. Tout le monde voulait lui serrer les mains, l'embrasser.

« Ah ! lui dit Martin Fayolle, comme tu dois être fier et content d'un pareil retour au pays ! »

Un changement soudain s'opéra dans la physionomie du soldat.

« Non, répondit-il tristement, car j'y reviens seul !

— Que veux-tu dire ? » demanda le curé.

Le sergent venait de retomber sur sa chaise, le coude appuyé à la table et le front dans sa main.

Guillaume comprit que ce n'était pas fini. Il fit signe et chacun alla se rasseoir.

Le maire renouvela sa question. Tous les yeux fixés sur le soldat l'interrogeaient aussi.

« Là-bas, répondit-il enfin, il y avait un autre

enfant du village. Celui-là, vous ne le reverrez
plus !... J'espère qu'on ne l'aura pas oublié. Parti
depuis quinze ans, il s'était engagé en Afrique.
Lorsque j'entrai aux zouaves, je le retrouvai, je le
reconnus. Souvent nous causions du pays, jamais
il n'y avait reparu. Plus de parents, plus d'amis
peut-être !... Je puis vous le nommer sans crainte
d'affliger personne !

— Qui donc ? mais qui donc ? » demandèrent plusieurs voix.

Martial parcourut du regard l'assemblée. Sur
tous les visages, rien que la curiosité, l'indifférence.

Ses yeux s'arrêtèrent enfin sur une femme qui,
placée au premier rang, très-pâle, le regardait
avec une vague inquiétude.

Cette femme, c'était la Nanon.

« Pierre Gervais ! » dit enfin le zouave.

La Nanon tressaillit et baissa les yeux.

Ce nom de Pierre Gervais avait soulevé un murmure, sympathique chez quelques hommes encore
jeunes, réprobateur chez tous les autres.

Martial eut un geste de reproche, presque de
colère.

« Que veux-tu ! dit Martin Fayolle, on se souvient que ce n'était pas un excellent sujet.

— C'était un brave soldat ! répliqua le sergent.

Un peu mauvaise tête, peut-être, et c'est à cause
de cela qu'il est resté simple zouave. Mais quel
cœur ! Si vous saviez comme il fut bon pour moi !
Mon père ne m'envoyait guère d'argent ; Pierre
Gervais trouvait toujours moyen d'avoir sa bourse
garnie, et j'en avais ma part. Il avait agrandi son
gourbi pour m'y donner place. Durant les grands
froids, il me jetait sa criméenne sur mes épaules.

J'étais comme son fils, et ce qu'il aimait en moi,
c'était vous, c'était le clocher, c'était le village !
Déjà vingt fois il m'avait sauvé la vie. Oh ! vous
ne savez pas ce que c'est qu'une amitié de soldats.
A l'attaque des batteries blanches, une balle m'atteignit, je tombai, j'étais perdu. En rentrant dans
la tranchée, Gervais m'appela. Où donc est Martial ?
Quelqu'un lui montra le bastion ennemi, et tout
aussitôt, sous une grêle de balles, il s'élance, il
retourne au champ de bataille, me cherche, me
retrouve parmi les morts. Il m'emporte, non pas
sur ses épaules, c'eût été m'exposer à la mitraille,
mais devant lui , dans ses bras , m'abritant de son
corps, comme une mère son enfant.

Ah ! je vous le jure bien, sans ce dévouement-
là, jamais mon pauvre Pierre n'eût été frappé
qu'en face ! nous roulâmes tous les deux dans la
parallèle. Tous les deux , le lendemain , nous
étions à l'ambulance. Ma blessure s'est guérie ;

8

les siennes étaient mortelles. Je lui ai fermé les yeux; je l'ai vengé !... j'accomplirai son dernier vœu. »

Martial s'interrompit tout à coup, comme craignant d'en avoir trop dit.

Puis, essuyant ses paupières d'un revers de main :

« Assez causé ! conclut-il. Quant au reste, c'est mon secret... D'ailleurs, je reste là, moi... je bavarde et M. l'instituteur ne commence pas sa conférence...

— Elle est faite ! répondit Guillaume, et bien faite !

— Par toi, Martial, ajouta le maire, et je t'en remercie au nom de tous. On voudrait souvent entendre la pareille ; on aimerait encore mieux son pays ! »

Comme tout le monde se pressait de sortir, et que Martial Hardoin recevait çà et là de nouveaux compliments, il se rencontra sur le passage d'une femme qui cherchait à l'éviter.

« Eh ! quoi ! dit-il, n'avez-vous rien à me demander ?... Ah ! rien qu'à votre émotion, j'ai deviné qui vous êtes... »

Et tout bas, rapidement, à son oreille :

« Vous m'avez compris... Il faut que je vous parle.

— Mais, balbutia-t-elle, je n'ai rien à vous dire, moi...

— C'est au nom de Pierre Gervais... ce soir même... je le veux !

— Eh bien !... dans une heure, au bord de l'eau, sous les grands saules... »

Et ramenant près d'elle Gratienne, Nanon se précipita au dehors.

XIV

L'HÉRITAGE DU SOLDAT

Tout le monde dormait dans le village. Aucun bruit, aucune lumière... sauf, à quelque distance, vers le bord de l'eau, une sorte d'étincelle allant et venant sous les grands saules.

C'était la cigarette de Martial Hardoin.

Il attendait la Nanon.

Elle parut enfin, s'enveloppant dans sa mante.

« Me voici... que me voulez-vous ? » dit-elle du ton de quelqu'un qui est pressé d'en finir.

Le sergent jeta sa cigarette et répondit :

« J'aurais voulu vous voir un peu plus attendrie tout à l'heure ; je voudrais maintenant vous entendre donner un bon souvenir à Pierre Gervais ! »

Nanon garda le silence.

« Allons ! reprit-il, décidément, vous lui gardez rancune.

— Oui ! dit-elle d'une voix sourde et brève.

— Je connais ses torts ! fit Martial avec douceur. Il m'a conté toute l'histoire... votre rencontre à Paris... quelle honnête et laborieuse ou-
vrière vous étiez alors... une de celles-là qu'on
n'obtient que par le mariage... Il vous épousa...

— Ah ! vous savez...

—Tout, vous dis-je... L'avenir semblait devoir
racheter son passé... Pierre avait les meilleures
intentions du monde... Il vous aimait... Une mauvaise tête, d'accord... mais un bon cœur !

—J'eus le malheur d'y croire ? murmura-t-elle
d'une voix amère et navrée... Mais son affection,
sa reconnaissance, ses promesses... autant de
mensonges !... Ah ! s'il avait voulu se mieux conduire et travailler... Le ciel eut béni notre ménage... Il vivrait encore... et je n'en serais pas à
maudire sa mémoire en le pleurant malgré moi
devant vous ! »

En effet des sanglots qu'elle ne pouvait plus con-
tenir étouffèrent la voix de Nanon. Elle se laissa
tomber sur une souche de saule, la tête enfouie
dans ses deux mains.

« A la bonne heure ! dit le soldat gagné par
cette émotion, je comprends qu'il vous ait aimée,
madame Gervais... je vois que vous étiez digne de
lui...

— Mais il était indigne de moi ! répliqua-t-elle

8.

en relevant le front. Malgré tous mes efforts pour
le maintenir dans le droit chemin, il ne tarda pas
à reprendre ses habitudes de débauche... Un jour
enfin il disparut... Il m'avait abandonnée, moi, sa
femme ! Et pas une trace ! pas un indice ! L'idée
me vint qu'il s'en était peut-être retourné dans son
pays... J'accourus, je me renseignai à la mairie...
C'était déjà Martin Fayolle qui était le maire... Il
m'apprit que Pierre Gervais s'était engagé comme
remplaçant, qu'il devait être en Afrique... Je me
sentis perdue, délaissée, seule au monde !... Un désespoir me prit... Je courus au hasard... La
rivière m'arrêta... C'était le soir, ici... tenez, à cette
même place où nous sommes... L'eau m'attirait...
J'étais affolée... j'allais mourir... Martin Fayolle,
qui m'avait épiée, me retint... Il lui manquait une
servante... J'entrai à la ferme... Vous êtes, après
mon maître, le seul du pays qui me sachiez la
veuve de Pierre Gervais... Oubliez-le ! »

La lune, se dégageant d'un nuage, éclairait en
ce moment le visage de Nanon. Elle ne pleurait
plus ; mais ses traits, son regard, l'amertume de
son sourire, le frissonnement convulsif qui agitait
les plis de sa mante, tout en elle attestait un âpre
tourment, une poignante douleur.

Le sergent, de plus en plus ému, s'efforça de la
consoler.

« Calmez-vous, dit-il. Du courage ! Oui, je le
reconnais, trahir une femme qui met sa confiance
en votre honneur ! une femme telle que vous...
Oui... c'est une lâcheté ! c'est un crime ! Pourtant
il ne vous avait pas oubliée ; votre souvenir lui
était resté là, comme un remords qui dormait. Il
se réveilla dès notre première rencontre, là-bas,
sous les murs de Sébastopol. Et cependant, près
de quinze années s'étaient écoulées ! Bien souvent
Gervais me parlait de vous. Si vous saviez en quels
termes ! « Annette était une honnête et vaillante
femme ! m'avait-il dit tout d'abord... Qui sait ce
qu'elle sera devenue ? Si elle a mal tourné, c'est
ma faute ! »

— Mal tourné ! se récria fièrement la Nanon.

— Croyez-bien, s'empressa d'interrompre Martial, que je le détrompai tout de suite à cet égard.
Je vous avais vue à l'œuvre, moi.. « On n'a rien
su, lui dis-je. Elle s'est acquis la considération de
tout un chacun... voire même bravement et par
son travail, au service de Martin Fayolle, une
petite fortune... » Et tenez ! voilà justement ce
qui m'interloque. Ah ! si vous étiez dans l'embarras, dans le besoin... »

Le sergent hésitait, tout en tortillant une cigarette qu'il ne songeait pas à allumer.

« Expliquez-vous ? » demanda Nanon.

Il reprit quelque assurance, il s'expliqua ainsi :

« Comme je le disais ce soir à la conférence, Pierre Gervais était un de ces zouaves qui, par toutes sortes d'industries, ont toujours de l'argent... Nous avions eu là-bas une bonne aubaine... D'ailleurs, il venait de se rengager pour la troisième fois... Bref, j'ai là cinquante louis... un dépôt qu'il m'a confié... pour vous, Nanon... c'est son héritage... acceptez-le ! »

Elle refusa du geste.

Vainement il insistait. A bout d'arguments, après une hésitation dernière, il lui dit :

« Si ce n'est pour vous, madame Gervais, que ce soit pour votre enfant ! »

Elle se redressa tout à coup, comme mordue par un serpent. Ce cri s'échappa de ses lèvres :

« Mon enfant ! je n'ai pas eu d'enfant !... jamais ! »

Elle palpitait d'épouvante, elle était superbe d'affirmation, elle voulait qu'on la crût.

Par malheur, Martial avait entre les mains la preuve de ce qu'il avançait.

Il se contenta de sourire dans sa moustache, il dit avec l'accent d'un doux reproche :

« Ah ! Nanon, pourquoi mentir ?... La somme est enveloppée dans la lettre que vous avez écrite il y a quinze ans... la voici ! »

Un instant la Nanon resta terrifiée, béante.

Puis elle voulut s'enfuir, il la retint :

« Nanon ! je vous en supplie !... prenez cela !... Il était mourant lorsqu'il me l'a remis !... Vous lui aviez pardonné une première fois, quand il vivait ; pardonnez-lui maintenant qu'il n'est plus !... Son enfant, il me l'a recommandé... « Si c'est un garçon, me dit-il, sois son protecteur ; si c'est une fille, empêche qu'on ne la trompe, et si tu peux l'aimer, deviens pour elle ce que j'aurais dû être pour sa mère, un bon mari... » Je m'y suis presque engagé, parole d'honneur ! Ah ! si vous aviez pu nous voir dans ce moment-là, vous nous auriez embrassés tous les deux ! Quelques minutes plus tard, c'était fini !... Je suis sûr qu'il nous regarde de là-haut ! Donnez satisfaction à la pauvre âme !... Prenez, prenez ce qu'elle vous donne par ma main... et dites-moi ce qu'est devenu l'enfant... Où est-il ?»

« — Il est mort ! répondit-elle.

— Mort !... quand cela ?

— Mort en naissant. »

Et s'arrachant à l'étreinte du zouave, elle disparut dans la nuit.

Le rouleau d'or tomba, s'éparpillant dans l'herbe.

Martial restait atterré, glacé, par le dernier aveu de Nanon.

Il leva les yeux vers le ciel, il murmura :

« Mon pauvre Pierre, j'ai fait tout ce que j'ai pu pour obéir à la consigne. Si ce n'est pas assez, toi qui savais toujours imaginer des expédients, tâche de m'envoyer une inspiration qui me permette de revenir à la charge. »

Puis, le genou ployé, le corps penché vers le sol, il alluma sa cigarette, la promena dans l'herbe, retrouva les pièces d'or, les remit dans la lettre.

« Ah ! Nanon ! murmurait-il en même temps. Nanon, je t'en veux... tu n'aurais pas dû faire cet affront à l'argent d'un soldat ! »

Et, tout pensif, il reprit le chemin du manoir.

XV

LE FILS DE L'AVARE

Arsène Hardoin avait revu son fils avec un médiocre plaisir.

L'avare craignait que ce retour ne l'entraînât dans une grosse dépense.

« Est-ce que tu es ici pour longtemps, mon garçon ? » demanda-t-il presque aussitôt.

« — Rassurez-vous ! répondit Martial qui connaissait bien son père, je ne tarderai pas à rejoindre le régiment en Afrique... D'ailleurs, j'ai promis une partie de mon congé à des amis, des Parisiens. En repassant je vous embrasserai, voilà tout. »

« — Je ne dis pas cela pour te renvoyer, mon fils.

— J'en suis persuadé, mon père. »

A part lui, avec un sourire un peu triste, le sergent ajouta :

« Autant dire que je suis comme Pierre Gervais... pas de famille ! »

Pendant ce temps-là, l'avare avait regardé les galons de l'uniforme et les médailles qui s'y trouvaient suspendues. C'était de l'argent, c'était de l'or, il se rassura.

Martial reprit à haute voix :

« De plus, je ne m'en reviens pas la poche vide. On a son petit boursicot. Il est même à votre service. »

« — Non ! refusa l'avare en imposant quelque peu silence à sa rapacité. Oh ! non... Garde ton argent. L'argent, ça se garde. »

Puis, d'un ton tout guilleret :

« Je suis content que tu m'aies consacré quelques jours ! Songe donc, je vis tout seul ici, moi, comme un vieux loup. Sois le bienvenu, mon louveteau !... Considère cette vieille bicoque comme ta propre maison !... Eh ! eh ! quelle bonne semaine nous allons y passer ensemble! »

C'était limiter d'avance l'hospitalité paternelle.

Le zouave se le tint pour dit. Il en usa le plus discrètement possible. Presque chaque jour on l'invitait au dehors. Il ne mangeait avec son père que lorsque celui-ci l'y engageait formellement.

Aussitôt le maigre repas terminé, il s'en allait ailleurs prendre son gloria. Le vieillard ne demandait pas mieux que de rester en tête-à-tête avec ses écus.

Un matin cependant, il le retint par ces mots :

« Un instant donc, mon gas !... J'ai comme envie de te demander un service.

— Parlez, père !... de quoi s'agit-il ? »

Non sans réticences, l'usurier s'expliqua ainsi :

« Tu vas peut-être bien te moquer de moi... J'hésite encore... Mais à qui se fier, sinon à son fils... ? Sache donc que moi aussi, l'année dernière, j'ai été à Paris pour voir l'Exposition universelle !... Un voyage à prix réduit, un train de plaisir, comme ils disent. Ça m'a coûté gros !... D'autant plus que je me suis laissé tenter... Une folie !

— Vraiment ! qu'est-ce donc que vous avez acheté, mon père ?

— Un coffre-fort. »

Le zouave eut un sourire.

« Ce n'est pas que je sois aussi riche qu'on veut bien le dire, reprit le vieil avare, mais, finalement, on a ses économies... C'est sagesse de les mettre à l'abri d'un coup de main... Or, j'avais guigné là-bas une merveilleuse machine, à l'épreuve des voleurs ! Je me la suis fait expé-

9

dier sous une épaisse enveloppe de paille... Fallait pas qu'on se doutât de ce que c'était, tu comprends...

— Je comprends. Après ?

— Après, fallait la sceller dans une bonne
muraille... Mais un maçon c'était un confident !
Moi-même, j'ai ramassé de la pierre... Je me
suis fait apporter du plâtre et du ciment par un
certain Jean Margat, dont tu dois te souvenir...

— Oui, le Sanglier. Un mauvais gas...

— Un bandit ! Peut-être bien que j'ai eu tort !
cependant je lui avais conté toute une histoire,
pour le dérouter... Malgré ça, j'avais lu dans ses
yeux comme un soupçon... J'avais peur ! heureusement on l'a arrêté, condamné. Deux ans de prison. Me voilà tranquille... mais encore dans l'embarras. Reste à faire la besogne !

— Où voulez-vous en venir ? s'écria Martial
qui commençait à s'impatienter. Voyons, expliquez-vous, quel est le service que vous attendez
de moi ?

— Ne t'emporte pas, mon garçon. M'y voici.
Tu m'as conté que là-bas, pendant le siége, vous
aviez creusé des trous, construit des baraques....
Tous les métiers, quoi!

— C'est vrai! répondit Martial. Un apprentissage
universel, comme votre Exposition. Dans les

zouaves surtout, nous sommes devenus terrassiers, charpentiers, maçons....

— Maçon ! s'écria l'avare, voilà précisément mon affaire. Aide-moi à sceller mon coffre.

— Volontiers. Montrez-moi l'endroit. »

Son père l'arrêta par le bras et, le regardant dans les yeux :

« Mais tu n'en diras rien !... pas vrai, fils ?

— Je vous le promets.

— Jure-le.

— Je le jure.

— A personne !... jamais !

— Vous en avez ma parole.

— Et j'y compte... Allons ! »

Le vieillard alla regarder au dehors, ferma la porte, puis les volets, alluma une lampe graisseuse et descendit vers la cave, suivi de son fils.

Les caves du vieux manoir étaient vastes et taillées dans le roc. Elles se subdivisaient en plusieurs compartiments. L'un d'eux, que masquaient des bourrées, était clos par une lourde porte bardée de fer.

A l'aide d'un trousseau de clefs qu'il portait dans sa ceinture, Arsène Hardoin ouvrit cette dernière porte. On pénétra dans un étroit caveau, plus sombre que les autres, et qui peut-être avait été jadis le trésor, la cachette du manoir.

Sur le sol, Martial aperçut des cailloux entassés, un sac de plâtre, un tonnelet de ciment, une auge, une truelle, une pioche, un pic, un levier. Plus loin, grâce à la lampe qu'approchait le vieillard, une de ces formidables caisses, à fermeture compliquée, qui sont la gloire de la serrurerie moderne.

« Tudieu ! s'écria le zouave, c'est comme une forteresse ! Pour y faire brèche il faudrait du canon. Vous avez sans doute un secret pour l'ouvrir ?

— Un secret terrible ! répondit avec intention l'avare. Celui qui ne le connaît pas, celui qui voudrait forcer la serrure, est un homme mort. Oh ! oh ! ma forteresse est bien armée.... Malheur à qui s'y frotte !... elle se défendrait elle-même ! »

Il était effrayant d'ironie et de menace en parlant ainsi.

D'abord indigné, le sergent finit par sourire.

« Vous avez l'air de dire ça pour moi, répliqua-t-il, et je m'en offenserais vraiment si vous n'étiez mon père. Pensez-vous donc que votre fils soit un voleur ? »

Le vieillard l'enveloppa dans ses bras, s'efforçant de s'excuser par toutes sortes de caresses.

« Ne te fâche pas, Martial ! Comment ! tu peux croire que...? C'était pour rire !... Il n'y a encore rien dedans.... Et d'ailleurs, si j'y amasse plus tard un petit magot, est-ce que ce ne sera pas pour toi, mon enfant!... Je ne vivrai pas autant que mon trésor, hélas! »

Puis, montrant une place à demi creusée déjà dans la muraille :

« J'avais commencé, tu vois... mais je suis trop vieux, trop faible.... Tu es jeune et fort, toi, va !... tiens !... dépêche ! »

Le sergent prit le pic que lui présentait son père ; il se mit à l'œuvre.

La besogne était rude. Après un double revêtement de briques, il fallut attaquer le roc. Tout en éclairant son fils, Arsène Hardoin l'excitait.

« Attends ! dit-il tout à coup avec un naïf effort sur lui-même. Je m'en vais chercher une bouteille de vin... te voilà tout en sueur ! »

Il posa la lampe sur le coffre, et sortit un instant du caveau, mais non sans refermer la porte en dehors.

« Quelle confiance! murmura le zouave, en haussant les épaules avec une moue pleine d'amertume. Et je l'aime pourtant, c'est mon père ! Moi qui serais si heureux d'en avoir un comme tous les autres !... Un bon homme de père, et pauvre plutôt qu'avare !... Mille tonnerres !...

Mais faut bien se contenter de ce qu'on a !... Pas de chance ! »

Et, plus ardemment encore, il se remit au travail. Il avait hâte d'en finir et de s'en aller.

Une heure plus tard, l'excavation était prête à recevoir le coffre-fort.

« C'est lourd ! dit le vieillard qui prétendait seconder son fils ; et peut-être qu'à nous deux nous aurons bien de la peine....

— Laissez-moi faire ! interrompit Martial, j'y suffirai seul. »

Effectivement, il souleva la pesante machine, il la mit en place.

L'avare admirait son fils avec une satisfaction mêlée d'orgueil :

« Comme tu es robuste, mon gas ! Au moins, lorsque te reviendra mon héritage, tu pourras le défendre, toi !... ça me sera une consolation ! »

Puis, gâchant plâtre et ciment d'une main fébrile, tandis que le sergent maçonnait déjà :

« Va, mon garçon, je t'en laisserai des écus ! c'est pour toi que je les fais travailler....

— Alors..., dit gravement Martial, ne les fatiguez pas. Ne soyez pas si dur au pauvre monde. J'aimerais mieux vous savoir moins riche et qu'on vous estimât un peu plus.... Excusez ma franchise... vous n'êtes pas aimé dans le pays, et ça

me chagrine, ça m'offense d'entendre mal parler
de mon père.... Or donc, si c'est pour m'en laisser
davantage que l'argent vous tente, apprenez que
je n'y tiens guère.... Permettez-moi de vous dire
que la loi défend de prêter à de trop gros intérêts.
Bien mal acquis porte malheur !

— Tiens ! fit l'usurier, te voilà raisonnant comme
notre maître d'école, que je voudrais voir aux
cinq cents diables !

— Pourquoi donc?

— Parce qu'il se mêle de ce qui ne le regarde
pas... parce qu'il nous porte grand préjudice....
Ah ! si l'on avait pu m'en débarrasser, comme je
l'espérais ! »

Le vieillard s'arrêta, craignant d'en avoir
trop dit.

Son fils le regardait sévèrement.

« Que me dites-vous là, mon père?

— Rien..., balbutia-t-il, parlons d'autre chose...
Achève ta besogne.... Mais s'il y en a d'aucuns
qui me haïssent... moi, je le déteste, ce maître
Guillaume ! »

Arsène Hardoin avait prononcé ces derniers
mots entre les dents, avec une irritation fiévreuse.

Martial, qui s'était mis au travail, lui répondit :

« Je ne cherche pas à savoir ce qu'il vous a fait,
mon père.... On en dit beaucoup de bien dans le

pays.... Sa figure loyale et résolue me plaît.... Un
brave jeune homme !... Et d'ailleurs ces pauvres
maîtres d'école se donnent tant de peine pour si
peu de profits !

— Peu de profits ! se récria l'irascible vieillard.
Il gagne de tous les côtés : à sa classe, à l'église,
à la mairie.... C'est lui qui tient les registres de
l'état civil.... »

Martial se frappa le front comme par une inspiration soudaine.

Le souvenir de son entretien avec la Nanon
venait de lui traverser l'esprit.

« Qu'as-tu donc ? questionna son père.

— Rien! répondit-il à son tour. Tenez, ne
causons plus. L'ouvrage avancera plus vite. »

Et tout bas, pour lui seul, il ajouta :

« J'ai mon idée ! »

XVI

LE SECRÉTAIRE DE LA MAIRIE

La loi de 1850 permet à l'instituteur d'être, en même temps, secrétaire de la mairie.

Depuis lors, grâce à la parfaite tenue des actes de l'état civil, grâce aux bons avis du maître d'école, que de contestations, que de procès sont évités !

Dans cette fonction, Guillaume apportait l'esprit d'ordre et la bienveillance qu'il savait mettre en toutes choses.

Il comprenait que les fonctionnaires sont faits pour le public, et non pas le public pour les fonctionnaires. Au premier appel, il était là, poli et serviable envers tous, surtout envers les malheureux, les inintelligents, les vieillards. Questions oiseuses, renseignements dix fois répétés, exigences de toutes sortes, rien ne lassait sa patience. Réclamait-on ses conseils, il les donnait simple-

9.

ment, avec une dignité courtoise, sans le moindre
pédantisme. S'agissait-il de quelque bonne paysanne, affaiblie par l'âge, un peu dure d'oreille, il
la faisait asseoir, il élevait la voix. Jamais, par
son fait, un secours ne fut retardé. Sa discrétion
lui valait la confiance et sa bonté le respect. Les
plus grossiers s'adoucissaient, se découvraient
en lui parlant. A force de politesse, il les avait
désarmés.

Le lendemain de la scène du coffre-fort, dès
l'aube, Martial avait pris congé de son père et,
portant lui-même son mince bagage, il s'était mis
en route.

En traversant le village, il s'arrêta devant la
maison d'école.

Déjà l'instituteur était dans sa classe, en train
de préparer quelque travail pour ses élèves, qui ne
devaient arriver qu'une heure plus tard.

La porte était ouverte ; le sergent parut sur le
seuil :

« Pardon, excuse ! dit-il en faisant le salut militaire. Si c'était un effet de votre complaisance,
j'aurais un renseignement à vous demander.

— Tout à votre service ! répondit Guillaume,
qui s'avançait à sa rencontre et, du geste, l'invitait à s'asseoir.

— Voici la chose, expliqua le zouave. C'est

vous, n'est-ce pas, qui êtes le secrétaire de la mairie ?

— En effet.

— Comme tel, vous avez les registres de l'état civil ?

— Oui.

— Voudriez-vous me donner communication de celui des décès ?

— Pourquoi cela ? »

Après un instant d'hésitation, Martial répondit :

« C'est à propos de l'héritage à défunt Pierre Gervais... Il m'a laissé entre les mains une petite somme, qui revient de droit à ses parents.

— Ne disiez-vous pas l'autre jour qu'il ne lui en restait plus ? observa l'instituteur qui avait une bonne mémoire.

— Du côté de son père, répliqua le zouave, non sans quelque embarras ; mais dans la ligne maternelle, il faudrait voir. J'ai là le nom. »

Il avait posé sa valise ; il sortit de sa poche un papier.

C'était la lettre écrite, il y avait quinze ans, par Nanon ; la lettre dans laquelle Nanon annonçait qu'elle allait devenir mère.

Martial voulait savoir si elle lui avait dit la vé-

rité ; si son enfant, l'enfant de Pierre Gervais, se
trouvait réellement inscrit parmi les morts.

Guillaume ouvrit une armoire, en sortit le registre et le plaça devant Martial Hardoin, sur un
des pupitres de la classe.

« Souhaitez-vous que je vous aide dans vos re-
cherches, sergent ? proposa-t-il.

— Non ! merci... dit vivement le soldat. Je pré-
fère chercher seul... C'est une affaire de conscience... comme qui dirait un secret entre le défunt et moi... On se connaît en écriture... j'ai été
fourrier. »

Martial n'avait guère l'habitude du mensonge.

Il balbutiait en parlant ainsi. Sans le hâle qui re-
couvrait son visage, on eût vu sa rougeur.

L'instituteur ne soupçonna rien. Il savait que les
gens élevés à la campagne sont défiants de nature
et se complaisent à maintes cachotteries, il avait
la discrétion de respecter leurs petits mystères.

« Vous comprenez, n'est-ce pas ? reprit le soldat. Faites excuse !

— Soit ! consentit Guillaume, examinez à votre
aise, mais ici même, je ne dois pas m'éloigner.
Permettez-moi de reprendre mon travail.

— Comment donc ! se récria Martial, chacun
sa consigne ! »

En lui laissant le registre, Guillaume ajouta :

« Vous y trouverez également les actes de naissance.

— A merveille ! conclut le zouave. Ne vous embarrassez plus de moi, j'en ferai mon affaire. »

Puis, tandis que l'instituteur allait se rasseoir à l'autre extrémité de la salle, il s'installa devant le livre officiel, l'ouvrit à la date même que portait le timbre de la lettre et commença sa vérification.

« A nous deux, la Nanon ! murmura-t-il en même temps, nous allons bien voir ! »

L'état civil d'un village n'est pas volumineux ; une année tient dans quelques pages.

Martial parcourut avec attention, tourna lentement les premiers feuillets.

Le nom qu'il y cherchait ne s'offrait pas à ses regards.

Quatre ou cinq enfants étaient nés cette année-là ; le sergent connaissait leurs pères et mères ; il se ressouvint que, parmi les gamins d'alors, il avait ramassé sa part des dragées de leur baptème.

Rien ! toujours rien de Nanon !

Le zouave allait toujours.

« Que je suis bête ! se dit-il tout à coup, la naissance ne peut avoir eu lieu si longtemps après la lettre ! »

Il relut la date, afin de bien s'assurer qu'il ne se trompait pas.

Les chiffres étaient parfaitement marqués. Aucune erreur, aucun doute.

Martial se gratta le front. Cette pensée lui vint.

« Peut-être n'aura-t-elle pas déclaré l'enfant ?... Mais plus tard, lors de sa mort, il a bien fallu qu'on en dressât l'acte. »

Et, passant aux actes de décès, il continua sa recherche.

Même résultat négatif.

Cependant, cette fois, il était allé jusqu'au bout.

Déjà l'impatience le gagnait. Ses sourcils s'étaient froncés ; il mâchonnait sa moustache.

« Oh ! se dit-il, j'y mettrai de l'acharnement !... Faut que j'en aie le cœur net... je recommence ! »

D'une main fiévreuse, il se remit à feuilleter les pages.

Telle était sa surexcitation que, sans même entendre ses paroles, il parlait maintenant tout haut. Le registre de l'état civil est l'histoire d'un village. A la vue de ces actes déjà jaunis par le temps,

mille souvenirs tristes ou gais se réveillaient tour
à tour dans son esprit.

« Tiens ! le petit Brochard..., lui en ai-je flan-
qué des calottes à celui-là !... Jérôme l'Endormi...,
il s'est endormi pour tout de bon, nous l'avons
conduit au cimetière..., pauvre garçon !... Ah !
François Thibaut..., dans son jardin nous chipions
des pommes vertes !... Juliette Bazin..., fille
alerte, la plus rieuse de tout le pays !... Mathu-
rine Corniquet, qui dansait si bien !... Charlotte,
Fanny, Marie-Rose... C'est maintenant des mères
de famille. En ont-elles des trôlées de marmots.
Mais quant à la Nanon, jamais rien !... pas
d'enfant !... Elle m'a donc menti ! Mille tonnerres !... »

Et, bruyamment, son poing s'appesantit sur le
pupitre.

Depuis un instant déjà, Guillaume avait relevé la
tête et le regardait en souriant.

« Voyons ! dit-il, il me semble que vous n'en
sortirez pas. Acceptez mon aide...

— Moins que jamais ! s'écria le zouave. Mais
tenez, causons... mon sang bout ! »

L'instituteur, ne sachant trop que penser, gar-
dait le silence.

Tout à coup, à brûle-pourpoint, le zouave lui
demanda :

« Qu'est-ce que vous avez donc fait à mon père ?
Le vieux vous garde une dent.

— Il a tort, répondit Guillaume, je crois lui
avoir rendu service.

— Comment cela ? Oh ! parlez, je connais mon
père... il prête à trop gros intérêts, n'est-ce pas?...
Je vois à votre air que j'ai deviné juste. Oh ! je
donnerais tout au monde pour qu'on l'empêchât
de se faire mépriser, haïr...

— C'est ce que j'ai tenté, sergent.

— Avec des égards ?

— Vous pouvez en être certain. Je me suis
permis quelques observations... une menace... il
le fallait... Mais personne n'en a rien su... Je suis
discret, j'ai ménagé ses cheveux blancs. Il ne
s'exposera plus, il ne recommencera plus, je l'espère.

— Merci ! je veux qu'on le respecte et qu'on
l'aime. Quant à le tenir en bride, c'est une autre
paire de manches, et quelque chose me dit là que
vous avez bien agi. On a de l'œil... Vous êtes un
honnête homme, maître Guillaume ! »

Puis, fermant brusquement le registre :

« Ma tête éclaterait ! assez de grimoire !

— Vous y renoncez ? dit l'instituteur avec une
pointe de raillerie.

— Non ! répliqua énergiquement le soldat ;

mais je sais ce que je voulais savoir... Et je m'en vais chez Martin Fayolle.

— Vous ne le trouverez pas. Il a dû partir au point du jour pour la ville, avec Gratienne et Nanon.

— Ah !

— La santé de Gratienne devient de plus en plus alarmante. Ils sont allés au chef-lieu pour consulter un médecin... »

Martial ne l'écoutait plus. Il marchait à grands pas. Avec une sourde rage, il se disait :

« Tant pis ! je resterai jusqu'à son retour !... mais on m'attend... J'ai promis... Il me reste juste le temps d'arriver à la gare... Laissons-la réfléchir... je reviendrai... Mais qu'elle sache dès à présent que je ne suis pas sa dupe... Monsieur le maître, une plume et du papier, s'il vous plaît ?... Faut que j'écrive un mot. »

Guillaume donna ce qu'on lui demandait.

Martial saisit la plume, et la fit crier sur le papier. Sa missive était ainsi conçue :

« J'ai vainement fourragé dans l'état civil. On ne se joue pas d'un zouave. Si vous avez fait élever ailleurs l'enfant de Pierre Gervais, je veux le savoir. S'il est mort, il m'en faut la preuve. A bientôt. »

Après avoir soigneusement cacheté cette lettre, il la remit à l'instituteur :

« Un dernier service, s'il vous plaît, maître Guillaume ? Vous êtes un homme d'honneur, vous remettrez fidèlement cette lettre à la Nanon. C'est très-important, c'est un secret... Motus !... et maintenant donnons-nous la main comme une paire d'amis... Au revoir ! »

Sur cet adieu, reprenant sa valise, il partit au pas de course.

En passant devant la ferme de Martin Fayolle, il eut un geste, un mot de menace à l'adresse de la Nanon :

« Tonnerre ! j'aurai ma revanche ! »

XVII

LA FÊTE DU PAYS

Le printemps était revenu.

Un printemps pluvieux.

Cependant l'arpent de terre concédé à l'instituteur dans le Champ-sous-l'Eau restait sec, comme merveilleusement préservé de l'inondation générale.

On eût dit une île au milieu d'un étang.

Martin Fayolle ne craignit pas de s'en vanter hautement, en présence même de l'instituteur.

« Jarni ! maître Guillaume, j'espère que notre drainage a crânement réussi !... quelle triomphante épreuve !... »

Sans sourciller, le maître d'école répondit :

« Reste à appliquer le même système à tout le Champ-sous-l'Eau,

— Plaisantez-vous ? c'est un communal.

— Le Corps législatif vient de voter cent millions, sous forme de prêt, pour venir en aide aux communes qui voudront drainer leurs communaux. Les plans sont dressés sans frais par les ingénieurs du gouvernement, qui se chargent même de la surveillance des travaux. Il n'y a qu'à demander. Les formalités sont des plus simples.

— Mais c'est magnifique ! nous voilà tous riches ! Ne perdons pas de temps ; vous m'indiquerez comme il faut s'y prendre. Une bonne part dans l'honneur de tout ceci vous revient de droit, maître Guillaume ; je le reconnais, je suis juste. Aussi nous doublerons le terrain du jardin d'école. Ça ne sera plus un arpent, mais un hectare ! »

Après avoir remercié, l'instituteur hasarda cette demande :

« Par la même occasion, le conseil municipal ne pourrait-il pas m'accorder un matériel de gymnastique ?

— Vous en aurez un, monsieur le maître, s'écria Martin Fayolle, et cela sans qu'il nous en coûte un sou. C'est le baron d'Orgeval qui nous le donne. J'allais précisément vous apprendre que je viens de recevoir une lettre de lui. Son fils est bachelier. La commune se charge de l'installation. Par ainsi, c'est une affaire faite !... »

Quelques jours plus tard, le gymnase du village

était inauguré, les travaux de desséchement commençaient.

Vers cette même époque, le maire manda l'instituteur et lui dit :

« C'est bientôt notre fête patronale. Elle jouit, dans le canton, d'une juste renommée. Mât de cocagne, course en sacs, tir à l'oie, et quelques autres divertissements de même genre. Nonobstant, nos voisins la désertent, comme n'y trouvant plus les mêmes attraits qu'autrefois.

— Peut-être leur faudrait-il du nouveau ? répliqua Guillaume.

— Du nouveau ! se récria Martin Fayolle, comment diable remplacer le tir à l'oie ?

— C'est un jeu cruel, dit l'instituteur. Si je vous proposais en échange une petite fête nautique ?...

— Nautique ?

— Sur la rivière. Nos jeunes nageurs s'y lanceraient en même temps, lutteraient de vitesse. Il y aurait des prix pour les premiers arrivés au but. On chavirerait une barque qu'il faudrait remettre à flot; on coulerait bas un mannequin que les plongeurs iraient chercher au fond de l'eau, ramèneraient jusqu'à la rive. Bref, un concours de sauvetage et de natation, comme en Suisse.

— Tiens! tiens! c'est une idée.

— Je vous offre, en outre, mon gymnase et mon orphéon. Ils sont encore dans l'enfance, soit ! mais il y a commencement à tout. Vous demandiez du nouveau, en voici. Ce sont des distractions tout aussi intéressantes, plus dignes, moins barbares que celles qui torturent de pauvres animaux. Sans compter que la commune aura donné le bon exemple, que les autres voudront l'imiter et que, de cette émulation, renaîtra la joyeuse et cordiale rivalité de nos fêtes villageoises. »

M. le maire n'était pas encore convaincu.

« Si la chose réussit, dit-il, j'en accepte la responsabilité. Mais, si l'on se moque de nous, je...

— Vous rejetterez tout sur moi, conclut Guillaume. Dressons le programme ! »

Ce programme, multiplié par les meilleurs calligraphes de l'école, fut affiché dans tout le canton.

Au jour dit, les visiteurs arrivèrent par centaines.

L'effet fut prodigieux. On acclama Martin Fayolle.

« Jarni ! disait-il à l'instituteur, le succès nous a donné raison. »

Tous les autres maires se renseignaient auprès de lui pour organiser à leur tour des fêtes pareilles.

Il se rengorgeait. Son orgueil et sa joie ne connaissaient plus de bornes. Gratienne, d'ailleurs, allait mieux depuis quelques jours. Elle avait assisté à tous les divertissements. Sous sa blanche toilette, elle était charmante.

Un peu plus grave, vêtue de demi-deuil, Claudine l'accompagnait, lui donnait le bras. C'était son cavalier.

A quelques pas en arrière, la Nanon suivait les deux jeunes filles, ne perdant pas de vue Gratienne.

Un seul homme, le baron d'Orgeval, alla complimenter l'instituteur.

« Bravo, maître Guillaume ! vous ranimerez dans le cœur de nos paysans l'amour de leur village.

— Ce n'est pas seulement aux paysans que je voudrais rendre cet amour-là, répliqua le maître d'école.

— Je vous comprends ! fit le baron. Nous autres aussi, nous nous sommes détachés du sol. Nous avons déserté les campagnes, et l'ennui nous gagne dans les villes. Déjà mon fils est atteint de ce mal ; il voyage maintenant en Italie. A son retour, que fera-t-il ? Rien, comme son père. C'est triste, mais à cela quel remède ? »

Guillaume eut le sourire d'un homme qui, pouvant répondre, ne l'ose pas.

« Quelle est votre pensée? reprit le baron d'Orgeval. Dites-la moi franchement, tout entière. Je le veux... je vous en prie.

— Puisque monsieur le baron m'y autorise, répliqua l'instituteur, je me permettrai de lui dire qu'en Angleterre, en Allemagne, les grands propriétaires s'intéressent personnellement à l'exploitation de leurs domaines. Chaque procédé nouveau de grande culture, chaque nouvelle découverte, ils l'expérimentent, ils s'en font les promoteurs. Les races de bétail améliorées se propagent par leurs étables, et en vertu de leurs sacrifices. Si, dans les environs de leur résidence, se trouve un site favorable à la création de quelque industrie, ils y consacrent des capitaux. Pour tous ceux qui les entourent, pour eux-mêmes comme pour leurs enfants, la fortune dont ils jouissent est un élément d'activité, de prospérité, de bonheur. Mais pardon, je vais trop loin...

— Non. Merci du conseil... je m'en souviendrai. »

Après avoir serré la main de l'instituteur, le vieux gentilhomme s'éloigna.

Déjà la nuit venait.

Avec la nuit, l'orage.

Mais tel était l'entrain de la fête, qu'on n'y prenait garde.

Gratienne, échauffée par la course, hors d'haleine, accourut vers la Nanon qui, depuis un instant, la cherchait.

« Nanon ! Nanon !... on danse des rondes dans
la prairie... j'y cours avec Claudine.

— Je te le défends ! s'écria la servante. Il va
pleuvoir... l'air fraîchit... Te voilà tout en nage !... »
Mais déjà Gratienne était partie.

La Nanon allait la poursuivre, lorsque, tout à
coup, Martial Lardoin se dressa devant elle, lui
barrant le chemin.

Elle ne l'avait pas revu ; elle espérait ne plus le
revoir.

Le sergent paraissait sortir de maladie ; il était
très-pâle.

« Ah ! ah ! fit-il, vous ne m'attendiez pas !
Une sotte querelle, un coup de sabre m'a retardé
de six semaines. On vous a remis mon billet, je
pense ?

— Oui.

— S'il vous plaît, la réponse ? »
Haussant l'épaule, elle voulut passer outre.
Il la retint.

« Voulez-vous donc que je parle tout haut ?
L'enfant de Pierre Gervais... »

Vivement, elle lui jeta une main sur les lèvres.
Puis, épouvantée, domptée :

« Plus bas ! murmura-t-elle, parlons tout bas !

— Soit ! je ne demande pas mieux. Ce que je veux savoir, point n'est besoin que je le répète. Répondez loyalement, catégoriquement. On ne me trompe pas deux fois.

— Je vous ai dit la vérité !

— Cependant...

— Oubliez-vous donc que vous étiez alors au pays et que l'on n'a rien su, rien soupçonné... Ce sont vos propres paroles ; c'est ce que vous avez dit là-bas à Pierre... Il y a deux mois, vous me le répétiez à moi-même, sous les saules du bord de l'eau.

— Je m'en souviens. Au fait, c'est juste...

— Alors, laissez-moi passer !

— Non ! il faut que je sache comment vous avez fait. Dites ? »

Un instant, les yeux dans les yeux, ils se regardèrent.

La Nanon comprit que Martial ne céderait pas. Elle parut se résoudre à parler.

« Eh bien ! » la stimula-t-il d'un ton bref.

Courbant le front, les sourcils rapprochés l'un de l'autre, d'une voix saccadée, elle répondit enfin :

« Quand il est venu au monde... quand il est

mort... c'était la nuit... j'ai creusé moi-même une fosse... et... »

Un soupçon terrible traversa l'esprit du sergent.

« Ah ! s'écria-t-il, vous l'avez tué ! »

Elle releva soudain la tête et, le regardant bien en face :

« Ai-je l'apparence d'une femme qui eût été mauvaise mère ? » dit-elle.

Le zouave ne savait plus que penser.

A la lueur d'un éclair qui déchira le ciel noir, il aperçut l'église.

« Nanon, dit-il brusquement, je sais que vous avez de la religion. Jurez-moi que c'est vrai, je vous tiens quitte. »

Un coup de tonnerre retentit.

Peut-être par effroi, Nanon se voila le visage.

« Oh ! s'écria Martial, vous hésitez, vous n'osez pas.

— Non, ce n'est pas cela ! balbutia-t-elle tout éperdue ; mais voici l'orage... La pluie tombe... Ah ! la malheureuse enfant !... Elle sera mouillée !... Elle aura froid !... Pour elle, c'est la mort ! »

Elle voulait s'échapper, courir.

Il l'avait saisie d'une main. De l'autre, à la lueur d'un second éclair, montrant la croix qui surmontait le clocher :

« Jurez—moi que vous ne mentez pas ! Sinon,
non !

— Je le jure ! répondit-elle.

— Devant Dieu ?

— Devant Dieu ! »

Et libre enfin, elle se précipita vers la prairie.

La ronde y tournait encore, sous le ciel en feu.

Tout à coup la foudre éclata, déchaînant des
torrents de pluie et de grêle que faisait tourbillonner un vent impétueux, glacial.

A peine quelques arbres, tordus par le vent,
offraient-ils un refuge aux danseurs.

Longtemps, au milieu du fracas de l'orage, la
Nanon appela, chercha Gratienne.

Lorsque enfin elle la trouva, Claudine l'abritait,
la réchauffait de son corps.

Gratienne était déjà toute frissonnante. Elle cla-
quait des dents.

« Malheur ! » dit la Nanon, qui l'emporta dans
ses bras.

XVIII

ANGOISSES

Depuis quelques jours, Gratienne se débattait entre la vie et la mort.

Une fièvre ardente la dévorait. Sa pauvre petite poitrine, déjà si frêle, était déchirée par une toux convulsive. Après chaque crise, on eût dit qu'elle allait rendre l'âme.

Martin Fayolle était fou de douleur.

La Nanon, bien qu'en proie à d'aussi cruelles angoisses, conservait cependant toute son énergie. Sans repos, nuit et jour, elle soignait sa chère malade, elle luttait pour la sauver.

A peine tolérait-elle que le père entrât dans la chambre.

Claudine était rigoureusement consignée.

Chaque matin, dès l'aube, Guillaume venait chercher des nouvelles et s'en retournait, appré-hendant le nouveau coup qu'il allait porter à sa

sœur adoptive. La nuit avait été mauvaise... Le
médecin ne laissait que peu d'espoir... Quelques
heures encore et ce serait peut-être fini !

Claudine se désespérait.

« Mais je porte donc malheur à tous ceux qui
me marquent de l'amitié ! disait-elle. N'est-ce pas
assez d'avoir vu mourir Marianne et le père Sylvain ? Eux encore, ils étaient avancés en âge...
Mais Gratienne !... ma pauvre Gratienne !... à
peine quinze ans !... »

Souvent elle s'échappait pour courir à la ferme.
Elle y passait de longues heures auprès de Martin
Fayolle. Ils se désolaient ensemble, ils pleu-
raient.

Dans les yeux de Nanon, pas une larme. Quelques mots articulés d'une voix rauque, et c'était
tout. D'ailleurs, on ne la voyait guère. Sans cesse
enfermée avec la malade, elle préparait elle-même
ses médicaments, les lui faisait prendre, l'encourageait, la soutenait, effaçant un pli du drap, relevant la couverture ou l'oreiller. Parfois même,
pour l'endormir, elle trouvait le courage de. fre-
donner une de ces vieilles chansons du pays, avec
lesquelles elle avait bercé son enfance.

Lorsque enfin Gratienne succombait au sommeil,
Nanon se laissait tomber sur une chaise basse,
retenant son souffle, la bouche béante, l'œil fixe.

Elle restait ainsi, immobile et morne, un chapelet dans ses mains jointes. Mais elle ne priait pas des lèvres, elle priait du cœur.

Une nuit, l'enfant rouvrit les yeux, se souleva sans bruit, regarda la dévouée servante qui, tout absorbée dans sa douloureuse ferveur, murmurait :

« Mon Dieu !... oh ! mon Dieu, pardonnez-moi !

— Te pardonner ! dit Gratienne, mais tu n'as jamais fait de mal à personne, ma bonne Nanon !

— Qui sait ? s'écria brusquement la servante comme courroucée contre elle-même. »

Puis, après avoir embrassé l'enfant comme elle ne l'avait jamais embrassée, après lui avoir fait prendre quelques gouttes d'une potion calmante, elle la contraignit à refermer les paupières.

Quelques minutes plus tard, ainsi qu'en rêve, la jeune malade crut entrevoir Nanon qui, les yeux au ciel, le visage inondé de pleurs, se frappait la poitrine, en se mordant les lèvres pour étouffer ses sanglots.

Le lendemain soir, après une dernière crise suivie d'une prostration complète, le médecin dit à voix basse :

« Il est temps de prévenir M. le curé. »

Martin Fayolle était sur le seuil. Derrière lui, Claudine.

Elle eut un mouvement pour obéir au docteur :

« Reste ! dit tout à coup la Nanon. Ce sera moi... j'irai ! »

Et, pour la première fois, leur faisant signe d'entrer dans la chambre, elle s'élança au dehors.

Comme elle arrivait devant l'église, on sortait du salut.

Elle alla droit au vieux prêtre. Elle lui dit à l'oreille quelques mots que lui seul put entendre.

« Quoi ! murmura-t-il, avec étonnement. Vous voulez... ce soir même...

— A l'instant ! répondit-elle, d'un ton résolu. »

Tous les deux se dirigèrent vers le confessionnal.

Déjà l'humble église était plongée dans l'ombre. La porte restait ouverte, se découpant en noir sur le fond bleuâtre du crépuscule.

Extérieurement, plus personne. Aucun bruit.

L'église est entourée par un enclos ; c'est l'ancien cimetière.

On y pénètre par une barrière à claire-voie, qui se trouve enchâssée dans le mur à hauteur d'appui.

Cette barrière s'ouvrit, poussée du dehors.

Un homme parut, s'avança précautionneusement, comme avec le désir de ne pas être vu.

C'était le sergent Martial Hardoin.

Ne sachant plus comment employer l'héritage de Pierre Gervais, ne voulant pas le garder pour lui-même, il venait le déposer dans le tronc des pauvres.

Il franchit donc le porche en silence, il s'engagea dans les ténèbres de l'église.

Tout à coup, comme sa main cherchait à tâtons la cassette scellée dans la muraille, Martial entendit de l'autre côté, dans le confessionnal, un mouvement, un bruit.

Quelqu'un venait de se relever, se dirigeant rapidement vers la sortie.

Le sergent reconnut la Nanon ; il ne put retenir un cri de surprise.

« Qui donc est là ? demanda la voix de l'abbé Denizet.

— Ami ! répondit le zouave. C'est moi, monsieur le curé... Je ne regrette pas la rencontre.

— Pourquoi ? Que venais-tu faire ici, à cette heure ?

— J'allais insinuer là-dedans cinquante napoléons. Ils m'avaient été confiés par un mourant, qui n'a plus d'autre héritier que les pauvres de la paroisse. Autant que vous preniez cela dans votre bourse. On sait bien que c'est la leur. »

A cette réponse du soldat, le prêtre lui serra la main.

« Bien ! lui dit-il, c'est bien mon garçon ! voilà une pensée qui te portera bonheur !

— Vous acceptez, n'est-ce pas ? reprit Martial, j'aime bien mieux ça, car vous direz quelques messes pour l'âme de Pierre Gervais. C'est lui qui... »

Le vieillard ne le laissa pas achever.

« Je te le promets ! dit-il avec émotion, mais garde cet argent. Je te dirai dans quelques jours à qui il appartient, à qui tu dois le remettre.

— Bah ! s'écria le sergent, vous avez donc été plus heureux que moi ? Vous savez...

— Je sais tout ! l'interrompit de nouveau le vieux prêtre. Mais c'est encore le secret de la confession... A bientôt. »

Il allait s'éloigner, Martial le retint :

« Il n'y a qu'une petite difficulté à cela, monsieur le curé, c'est que je pars ce soir.

— Tu ne peux pas attendre ?

— Non. C'est la fin de mon congé. Faut que je rejoigne.

— Alors, veux-tu m'accepter pour intermédiaire ? Je t'enverrai le reçu.

— Signé de l'enfant ?

— Signé de la mère.

— Voici l'argent ! s'écria le zouave. J'ai confiance ; mais c'est égal, je ne serai pas fâché de savoir... Vous comprenez, n'est-ce pas, monsieur le curé ?... Je me suis donné tant de tintouin pour découvrir... Ah ! mon pauvre Pierre Gervais, ton or ira donc à son adresse !... Mais que je suis donc content... Mille tonnerres ! »

Le zouave se rappela tout à coup qu'il était dans une église. Se mordant, mais trop tard, les lèvres :

« Oh ! pardon, monsieur le curé...

— Je t'absous, mon ami ! répondit le bon prêtre. Heureux voyage, et bonne chance ! »

Et quittant le soldat, qui venait de lui remettre la somme, il se dirigea vers la ferme de Martin Fayolle.

En entrant dans la chambre de la malade, il aperçut le père et Claudine qui, penchés vers le lit, dans une attitude silencieuse, souriaient à travers leurs larmes.

« Que s'est-il donc passé ? murmura l'abbé Denizet.

— Elle s'est calmée ! Elle dort ! » répondit à voix basse la Nanon, dont le visage resplendissait d'espérance.

Le curé lui montra le ciel...

Elle étendit la main comme pour renouveler un serment.

« Mon Dieu ! dit le prêtre, vous qui pardonnez au repentir, faites pour nous un miracle ! »

XIX

LE SECRET DE LA CONFESSION

Gratienne n'était pas sauvée, loin de là !

La phthisie ne pardonne pas. Tel était le mal dont elle se mourait. On n'en doutait plus maintenant.

L'amélioration qui venait de se produire ne pouvait être considérée que comme un sursis. La moindre rechute deviendrait fatale. Sa vie était entre les mains de Dieu.

A peu près dans ces mêmes termes, le médecin venait de prononcer son arrêt.

C'était dans la grande salle de la ferme.

Martin Fayolle retomba sur son siége, accablé, anéanti.

L'abbé Denizet et la Nanon se tenaient à ses côtés.

Ils échangèrent un regard :

« Oh ! pas encore ! murmura celle-ci d'une voix suppliante.

— Vous avez juré ! répondit celui-là ; il est temps.

— Je suis prête ! » articula péniblement la Nanon, soumise et résolue.

Puis, s'adressant au docteur qui se disposait à sortir :

« Croyez-vous, lui demanda-t-elle, que la chère malade puisse supporter une grande émotion ?

— Oui, répondit-il, si cette émotion n'a rien d'affligeant pour elle. Sa maladie n'altère nullement sa raison, bien au contraire. Elle peut tout entendre et tout comprendre. »

La servante se retourna vers le prêtre.

« Parlez au père ! lui dit-elle ; moi, je vais parler à l'enfant.

— De quoi s'agit-il ? questionna le médecin.

— Vous le saurez plus tard, répliqua le curé. En passant devant l'école, soyez assez bon pour prier maître Guillaume de nous amener Claudine. »

Puis, s'asseyant en face de Martin Fayolle, il lui frappa doucement sur l'épaule, il lui prit la main.

Déjà Nanon se dirigeait vers la chambre de la malade.

On avait approché son lit de la fenêtre, ouverte aux doux rayons d'un soleil printanier. Des lianes de chèvrefeuille et de jasmin, des roses grimpantes retombaient en dehors, l'abritant de leur ombrage.

A travers ce rideau mouvant, parfumé, elle pouvait voir la campagne fleurie. Tout près de là, dans le feuillage mollement agité par la brise, un oiseau chantait.

La jeune poitrinaire, soutenue par des oreillers, regardait le paysage, écoutait l'oiseau.

Son amaigrissement, son étiolement, formaient un triste contraste avec toute cette nature en joie. Jamais, cependant, Gratienne n'avait été plus jolie. Ses traits s'étaient allongés ; il y avait comme de la transparence dans sa pâleur. Ses yeux, au milieu du cercle bleuâtre qui les entourait, semblaient plus grands, plus brillants. Déjà presque détachée de la terre, elle avait des regards, des sourires divins.

« Oh ! murmura-t-elle sans voir encore Nanon, qui venait d'entrer et doucement refermait la porte... Oh ! le printemps, la verdure, les fleurs, le soleil !... la vie !... que c'est bon !...

Quel dommage de quitter tout cela !... On ne devrait mourir qu'en hiver ! »

Et deux larmes roulèrent sur sa joue, sans qu'elle songeât à les essuyer, dans son amère rêverie.

Un sanglot étouffé la réveilla. Elle aperçut la Nanon.

« Ah ! c'est toi, Nanon !... Pourquoi me laisser seule... où donc est mon père ? Si nous devons bientôt nous séparer, jusque-là du moins restons ensemble.

— Non ! tu ne mourras pas ! s'écria la servante avec une étrange exaltation, j'obtiendrai de Dieu qu'il te laisse vivre ! »

Et passionnément, elle l'embrassa.

L'enfant souriait.

« Vivre ! dit-elle, oh ! je ne demande pas mieux ! j'étais si heureuse avec vous ! je vous aime tant... toi, mon père, Claudine ! »

Pendant ce temps-là, Nanon relevait les oreillers de façon à ce que la malade se trouvât comme assise dans sa couchette. Puis, s'asseyant elle-même sur une chaise basse :

« Gratienne ! dit-elle, ma Gratienne, écoute-moi, nous avons à causer.

— Causons ! fit avec enjouement Gratienne, je veux me distraire, m'égayer... Conte-moi quelque belle histoire comme au temps où j'étais petite.

— Oui, c'est cela ! dit la servante, et si tu veux la comprendre, mon enfant, peut-être y trouverons-nous un moyen de consoler Martin Fayolle.

— Mon père ! s'écria Gratienne, oh ! comme je serais heureuse !... Ce qui me désole, vois-tu... ce qui m'effraye, c'est son chagrin ; il en mourrait !

— Écoute donc ! fit la Nanon, écoute ! »

Mais elle se taisait encore, épouvantée de l'aveu qu'elle allait oser, comme recueillant ses souvenirs.

La malade, qui chauffait au soleil ses longues mains blanches, ne tarda pas à s'impatienter :

« Eh bien !... voyons !... j'attends ! »

Nanon prit enfin courage. Elle releva la tête, et les yeux fixés sur Gratienne, l'âme attentive à l'effet qu'allait produire son récit :

« C'était il y a quinze ans, commença la Nanon. Figure-toi, dans cette même maison où nous sommes, une pauvre servante...

— Comme toi, Nanon ?...

— Oui, comme moi. Son mari l'avait abandonnée... Elle allait être mère, et son enfant n'aurait pas de père, pas d'asile... Pour lui comme pour elle, c'était la honte et la misère ! »

Nanon s'arrêta, hésitant à poursuivre.

« Je comprends ! dit Gratienne, je me souviens de Jeanne Michu que tout le monde évitait, que son maître chassa !

— Le maître de celle dont je parle était bon, reprit la servante. Il lui eût épargné le scandale... Peut-être même ne se fût-il aperçu de rien... Il était lui-même dans les angoisses... sa femme, qu'il adorait, semblait en danger de mort. Elle mourut en mettant au monde un enfant, une fille.

— Tiens ! comme ma mère ! murmura Gratienne qui commençait à s'émouvoir.

— Oui ! continua la Nanon. La servante aussi venait d'avoir une fille... Personne ne le savait... Le désordre, le désespoir avaient bouleversé toute la maison. Le maître était comme fou... Un démon tenta la servante... Elle mit son enfant dans le berceau de l'enfant de la morte..., elle porta l'enfant de la morte à l'hospice des Enfants trouvés...

— Oh! la malheureuse ! » s'écria Gratienne toute palpitante d'indignation, d'anxiété.

Déjà le jour se faisait dans son esprit.

« Calme-toi, reprit vivement la Nanon, qui la

suppliait du geste et du regard. Écoute-moi jusqu'au bout... Sache me comprendre... Oui, cette
malheureuse fut bien coupable, bien criminelle...
Voilà quinze années qu'elle vole l'argent, la tendresse d'un pauvre père... Quinze années qu'elle
vit comme une servante auprès de sa fille et qu'elle
la trompe aussi, comme tous les autres... Il y a
quelques jours encore elle mentait à Dieu !... Dieu
l'a punie !... Sa fille se meurt !... Mais Dieu pardonne au repentir !... Il la sauvera peut-être, si
sa mère a le courage de tout avouer, de tout ré-
parer... En ce moment même, M. le curé révèle
tout à Martin Fayolle... Ne me disais-tu pas que
tu serais heureuse de lui épargner un chagrin qui
le tuerait !... Ah ! c'est la juste expiation du
crime !... »

Nanon s'était jetée à genoux. Haletante, l'œil
étincelant, les bras étendus vers Gratienne, elle
semblait vouloir conjurer le coup que lui portait cet
aveu.

Plus blême encore, agitée d'un tremblement convulsif, les yeux démesurément ouverts, les mains
dans les cheveux, Gratienne s'écria :

« Mais je deviens folle, moi !... Que me dis-tu
donc ?... Cette histoire...

— C'est la mienne ! acheva la servante, c'est la

nôtre !... Aie pitié de moi, mon enfant... je suis ta mère !

— Ma mère !... Mais alors sa fille à lui !... l'autre...

— La Providence l'a ramenée dans cette maison... Tu la connais. Vous vous aimez.

— Attends !... j'ai compris... je devine... cette ressemblance !... c'est... »

Gratienne n'acheva pas. Sur le seuil de la porte qui venait de s'ouvrir, elle aperçut Martin Fayolle et Claudine.

XX

RETROUVÉE!

Une scène analogue à celle que nous venons de décrire s'était passée dans la grande salle, entre Martin Fayolle et l'abbé Denizet.

De son côté, le digne pasteur avait usé de ménagements envers ce pauvre père dont le désespoir ébranlait déjà la raison. Une révélation trop brusque, une trop grande joie ne pouvait-elle pas le frapper de folie ?

Tout d'abord, il écoutait à peine et ne paraissait que vainement comprendre. Mais, bientôt, son attention s'éveilla ; les dernières paroles du prêtre venaient de faire jaillir une lueur dans son cerveau troublé.

Il se tourna soudainement vers lui, il le regarda d'un œil fixe, avec un amer sourire, comme pensant qu'on se jouait de sa douleur, comme croyant rêver.

Le curé eut peur de cet égarement ; il s'arrêta.

« Continuez ! dit Martin Fayolle ; je veux tout savoir... je vous écoute. »

Quand la révélation fut complète :

« Attendez ! fit-il, le sein haletant, la main tremblant sur le front. Attendez ! je me rappelle... cette jalousie, cet amour de Nanon pour l'enfant... mille circonstances qui auraient dû m'éclairer... cette ressemblance... car vous me dites que c'est Claudine, n'est-ce pas ?... J'ai bien compris ?

— Oui !

— Ah ! c'est Dieu qui lui a donné les traits, les yeux de ma pauvre défunte, afin que je puisse reconnaître ma fille !... mais ce n'est pas assez... comment être certain ?... Il faudrait des preuves.

— En voici ! dit l'abbé Denizot, qui sortit un papier de sa soutane. C'est l'acte de baptême de Claudine. Il y a quelques mois, lors de sa première communion, j'allai le prendre à l'hospice. Un seul enfant y fut déposé la nuit d'après la mort de Jeanne Fayolle. J'ai confronté cette date avec celle du service funèbre. Voyez plutôt, c'est le même jour.

— Oui, oui, balbutia le père, convaincu.

— D'ailleurs, ajouta le curé, pourquoi la femme

Gervais m'aurait-elle menti cette fois... menti au confessionnal ! »

En ce moment Guillaume entra, amenant Claudine.

« Ah ! s'écria Martin Fayolle, est-ce que ne voilà pas la meilleure preuve !... la preuve vivante !... Viens !... viens, mon enfant, ma fille!»

Éperdu, palpitant, il lui tendait les bras. Claudine, étonnée, émue de cet appel si plein de tendresse, s'avança lentement vers lui.

Il la saisit avec une exclamation de joie folle, referma sur elle ses mains convulsives, l'étreignit contre sa poitrine où se heurtaient des sanglots.

Puis, sans la quitter, mais la tenant à distance et la regardant avec orgueil, avec passion, les yeux dans ses yeux.

« Monsieur le curé, dit-il, je veux qu'elle sache tout à l'instant... Répétez pour elle ce que vous venez de me dire... Parlez ! je vous en prie... parlez ! »

Lorsqu'il acheva, la fille et le père, qui déjà, peu à peu, s'étaient rapprochés l'un de l'autre, jetèrent un même cri, confondirent dans un même embrassement leur délirante ivresse.

L'abbé Denizet s'essuya les yeux.

Guillaume restait stupéfait, atterré. Il sentait que Claudine était perdue pour lui.

Elle se dégagea tout à coup de l'étreinte paternelle. Avec un élan de pitié généreuse, au milieu du silence, elle laissa tomber ces mots :

« Mais elle !... Gratienne ! »

Ce fut le curé qui répondit :

« Nanon, sa mère, vient de lui apprendre la vérité.

— Dieu ! s'écria Claudine, elle peut en mourir ! »

Déjà, vers la chambre de la malade, elle courait.

Lorsque la porte s'ouvrit, on se le rappelle, Gratienne savait tout.

« Claudine !... dit-elle, ma bonne Claudine, je t'avais donc pris ta place !... je suis heureuse de te la rendre !... Pardon !... pardon pour ma mère ! »

Et de ses mains débiles, elle semblait protéger la Nanon, qui venait de tomber à genoux, le front courbé sous la honte.

Claudine s'était élancée vers Gratienne, elle voulut la prendre dans ses bras.

La jeune malade, blanche comme une morte, l'écarta doucement.

« Laisse ! dit-elle, laisse-moi d'abord parler à... ton père. »

Puis, s'adressant à Martin Fayolle :

« Monsieur... Oh ! non... mon père... Ce matin encore, désolée de votre grand chagrin, je priais le bon Dieu de vous en consoler... Il m'a entendue... Il m'exauce... Vous ne vous affligerez plus... C'est tout ce que je désirais. Ne craignez rien pour moi... Ne me plaignez pas. Je suis bien contente. »

Elle disait vrai. La sérénité, la joie rayonnait sur son front, dans son regard, dans son sourire.

« Gratienne ! répondit Martin Fayolle, jamais je n'oublierai que pendant quinze ans je t'ai nommée ma fille. »

Spontanément, Claudine lui jeta ses deux bras autour du cou, lui mit un baiser sur chaque joue.

« Quand faut-il que nous partions ? » demanda Gratienne, vaillamment résolue, presque joyeuse.

Claudine regarda son père.

« Agis suivant ton cœur, lui répondit-il. Tu es ici chez toi, mon enfant.

— Alors, s'écria-t-elle, j'y garde Gratienne, et je la soignerai maintenant. Nous la sauverons ! »

Elle était au chevet du lit de la malade, elle l'embrassait.

« Bien ! » dit Guillaume.

L'abbé Denizet, trop ému pour parler, étendit ses vénérables mains vers le groupe que formaient les deux jeunes filles comme pour les bénir.

Jusqu'alors, la Nanon n'avait pas bougé. On eût dit une statue. Elle releva quelque peu la tête et regarda Claudine avec l'expression d'une profonde reconnaissance.

« Cependant, objecta Martin Fayolle, que dirons-nous aux gens du village ?

— Rien encore ! répliqua Claudine qui avait déjà réfléchi. Le médecin n'a-t-il pas ordonné que Gratienne allât passer l'hiver dans le Midi ? Jusqu'à son départ, gardons tous le secret. Qu'elle soit encore votre fille, mon père !... Moi, je serai bien souvent ici, auprès d'elle. En apparence, je ne quitterai pas ceux qui m'avaient recueillie, maître Guillaume et la Simonne. »

Le père eut un geste pour protester.

« Je vous en prie ! continua vivement Claudine. Ils m'aiment tant ! Ce qui cause notre joie leur sera, j'en suis certaine, un grand sujet de tristesse. Ne nous séparez pas encore... et si vite !... »

Martin Fayolle alla prendre la main de l'instituteur en s'écriant :

« Jarni ! je vous avais oublié, maître Guillaume,

Heureusement Claudine a la mémoire du cœur. Je ne la démentirai pas, je ne lui refuserai pas la première chose qu'elle me demande. Donc, jusqu'à l'automne, qu'elle demeure en votre maison. Sans vous, sans votre généreuse adoption, je ne l'aurais peut-être jamais retrouvée. Martin Fayolle n'est pas un ingrat, il se souviendra qu'il vous doit sa fille ! »

Pendant ce temps-là Gratienne, épuisée par tant d'émotions, se renversait sur ses oreillers en murmurant :

« Claudine... tu es bonne... bonne pour tous... Merci... Je t'aime ! »

. . . .

Le compromis imaginé par Claudine se réalisa.

Grâce surtout à ses bons soins, à son affection touchante, Gratienne reprit quelques forces. Elle recouvra, sinon la santé, du moins l'espérance.

Vers la fin de septembre, le médecin déclara qu'elle pourrait supporter le voyage.

La Nanon fit ses préparatifs de départ.

Martin Fayolle ne lui avait pas adressé un reproche. Il évitait même de lui parler. Un jour enfin il lui dit :

« Je ne t'offrirai pas de l'argent, tu le refuserais. Mais, depuis quinze ans, tu m'as laissé presque

tous tes gages, avec mission de les faire valoir.
C'est neuf cents pistoles qui te reviennent. Les
voici. »

L'abbé Denizet y ajouta les mille francs confiés
par Martial.

« C'est l'héritage du père de Gratienne, dit-il..
Sa veuve ne doit pas le refuser, Nanon. »

Tandis que ces choses se passaient à la ferme,
Claudine continuait de séjourner à la maison d'é-
cole. Elle y revenait chaque soir, elle y passait de
longues heures, prodiguant à la Simonne, à maître
Guillaume, d'autant plus d'amitié qu'ils lui dissi-
mulaient plus de chagrin.

L'instant de la séparation approchait.

« Mais nous ne serons pas éloignés pour cela !
leur répétait Claudine. Je viendrai tous les jours à
l'école ; vous viendrez souvent à la ferme. On ne
s'en aimera pas moins !

— Je sais !... je sais !... répliquait la Simonne en
s'efforçant de sourire. Mais c'est égal, ça ne sera
plus la même chose! »

Guillaume affectait l'insouciance, et s'adon-
nait plus ardemment encore à ses devoirs d'instituteur.

Lors du départ de Gratienne, Claudine voulut
l'accompagner jusqu'à la gare du chemin de fer.

« Adieu ! dit Gratienne.

— Non pas adieu ! se récria Claudine, mais au
revoir ! »

. . . .

Ce soir-là, Claudine fut officiellement installée
dans la maison de son père.

Guillaume se retrouva seul avec la Simonne.

Vainement il s'efforçait de cacher sa tristesse.

« Ah ! murmura-t-elle, c'est la joie de notre
maison qui est partie ! »

XXI

ENTR'ACTE

Deux ans se sont écoulés.

On a de bonnes nouvelles de Gratienne.

Elle est dans le Midi, à Hyères.

Ce merveilleux climat, le dévouement o' 's soins de sa mère ont assuré sa guérison. Dès le second hiver, la courageuse enfant a voulu gagner son pain par le travail. Un petit magasin de lingerie s'est fondé, sur lequel on voit ce nom : Madame Gervais. La Nanon y applique cette activité, cette intelligence dont elle faisait preuve à la ferme de Martin Fayolle. Elle veut gagner de l'argent pour sa fille, et surtout lui créer une position, un avenir.

« Si je ne la retenais pas, écrit Gratienne, elle s'y tuerait. Aujourd'hui, la plus malade de nous deux, c'est ma mère. »

. . . .

Quant à Claudine, elle n'a pas quitté le village. Son père parlait de la mettre en pension à la ville, elle s'y est refusée, ne voulant pas avoir d'autre instituteur que Guillaume, qui lui a inspiré le goût de la vie champêtre en lui donnant une solide instruction religieuse. Elle tient à passer ses examens d'institutrice ; elle y réussira. Son maître l'a élevée dans ces sentiments d'exquise piété, qui sont la condition du vrai bonheur ici-bas. Il y a maintenant un piano à la ferme ; Guillaume se perfectionne, afin de pouvoir lui continuer ses leçons. Chaque soir ils font ensemble de la musique. Pour elle comme pour lui, c'est le meilleur moment de la journée.

D'ordinaire, Martin Fayolle s'endort en les écoutant. Il paraît satisfait de leur intimité. Cependant, fier de sa fille, il forme pour elle des rêves ambitieux. Sans s'expliquer encore, des allusions lui échappent :

« Eh ! eh ! fillette, il faudra bientôt songer à ton établissement, à ton mariage ! Nous pouvons prétendre haut, jarni ! Tu seras riche... te voilà savante... et tu es si belle ! »

Il a raison, Claudine est devenue une jeune fille accomplie. Grande et svelte, très-brune et très-fraîche, en même temps réservée, peut-être même un peu grave, elle charme surtout par

sa simplicité, par sa douceur, par sa modestie
chrétienne.

C'est encore la fille des bois, timide à l'excès
avec les étrangers, les gens de la ville. Toute autre
à sa place voudrait agir et s'habiller en demoiselle ;
son père ne demande qu'à la couvrir de soie et de
bijoux ; elle se complait à n'être qu'une paysanne,
une fermière, portant la robe de laine et le bonnet
du pays.

Cette modestie, cette sagesse lui ont gagné tous
les cœurs. On lui tient d'autant plus compte de
sa distinction, de sa beauté, de ses talents, qu'elle
les montre moins. Une âme aimante et forte,
une intelligence supérieure, des vertus cachées
se devinent en elle. Lorsque ses grands yeux
noirs, ordinairement voilés de leurs longues
paupières, s'ouvrent et resplendissent tout à coup,
c'est comme un éblouissement, comme une révélation.

Elle se souvient de ses jours de misère, et s'efforce de secourir tous les malheureux. On la voit
encore tenir la classe des filles. Pressentant l'insti-
tution charitable qui s'appelle aujourd'hui *la caisse
des écoles*, avec l'aide de son père, de l'abbé
Denizet, de Guillaume, du baron d'Orgeval et de
quelques autres donateurs des alentours, elle
trouve moyen de fournir des vêtements, des sabots

aux enfants des hameaux éloignés, aux enfants pauvres. Grâce à ce petit budget, la Simonne leur donne la soupe. Il y a pour eux des encouragements, des récompensés, voire même une indemnité pour les parents tout à fait sans ressources et qui se privent de leur travail.

Survient-il un accident, une maladie, on est certain de voir arriver Claudine. Aussi, c'est à qui l'admirera, l'aimera. Les femmes elles-mêmes, les jeunes filles, au lieu de s'en montrer jalouses, en sont fières. On la regarde comme le bon ange du village.

Il va sans dire que les prétendants ne lui font pas défaut. A peine s'aperçoit-elle qu'on la recherche. Le notaire du bourg a demandé sa main ; il est jeune, en belle position de fortune, digne en tous points d'être agréé. Elle le refuse, alléguant pour unique raison qu'elle est heureuse avec son père. Il n'est pas jusqu'au jeune Anatole d'Orgeval qui n'en soit épris. Claudine pourrait être baronne. Elle lui a fait comprendre qu'il perdait son temps, sans même se donner le plaisir de faire un peu la coquette.

«Jarni ! se dit parfois Martin Fayolle, il faudra pourtant bien qu'elle se décide à me donner des petits-enfants !... Moi d'abord, je veux être grand-père ! »

En attendant cette joie, il a pleine satisfaction comme premier magistrat municipal. Sa commune s'est transformée, on la cite en exemple. C'est la plus riche du département, depuis la mise en culture du Champ-sous-l'Eau.

Les cinquante hectares sont assainis, en plein rapport. Chaque famille en a sa part; la plus grosse s'est vendue, et très-bien vendue. Avec cet argent, on va bâtir une maison d'école. Guillaume a le jardin qu'il avait rêvé. Tout marche au gré de ses désirs.

Personne maintenant dans le village qui ne sache lire, écrire et compter. Il n'en continue pas moins ses cours d'adultes avec le même succès. On nous calomniait en prétendant que nous n'avions que de l'engouement, pas de persévérance. Nos paysans prouvent aujourd'hui le contraire. Il a suffi de faire descendre un premier rayon dans les ténèbres où ils étaient plongés. Les aveugles ne refusent pas la lumière.

Avec elle disparaissent les grossiers penchants, les stupides préjugés contre la religion, l'impiété crédule, les passions brutales, toutes les suites de l'ignorance. Maître Guillaume a presque vaincu l'ivrognerie; c'est ce dont il est le plus fier.

On ne reconnaît plus ses villageois, tant ils sont affables, intelligents et dignes. Rien de poli, rien

de charmant comme ses écoliers. Pour qu'ils com-
prennent toutes les beautés, tout le charme de la
vie champêtre, souvent il les emmène avec lui
dans les champs, dans les bois ; il leur fait connaître chaque plante, chaque culture, la compo-
sition des terrains, les travaux de la saison.

S'il sait qu'un habile laboureur, un bon semeur
est à l'œuvre, il dirige de ce côté la promenade et
fait remarquer la perfection ou les défauts de son
travail. On herborise, on apprend à respecter les
animaux utiles, surtout les petits oiseaux qui
rendent tant de services à l'agriculture en détrui-
sant des milliers d'insectes. Pas un enfant ne dé-
nicherait un nid, pas un chasseur ne tuerait une
hirondelle.

« Que m'a-t-il fallu pour atteindre tant de résul-
tats ? écrivait-il à son ami Philippe Mesnard. Trois
années ! Que sera-ce dans dix ans, dans vingt ans,
lorsque plusieurs générations seront sorties de ma
classe, lorsque tous les habitants du village auront
été mes écoliers ! Je les aurai connus, formés dès
l'enfance. Les défauts dont ils seront corrigés, les
qualités qu'ils auront acquises, leur instruction,
leur moralité, leur bonheur, tout sera mon ouvrage. Nous nous apprécierons, nous nous aime-
rons. Ah ! l'instituteur qui cherche à changer de
commune est mal inspiré ! Je m'attache à la mienne,

à l'exemple de mon digne curé ; j'y veux vivre et
mourir, satisfait d'avoir réalisé le bien dans ce
petit coin de terre où tout le monde me pleurera.
Ce rôle suffit à mon ambition. Voir arriver sans
regret les cheveux blancs, sentir qu'autour de soi,
par soi, tout le monde est plus éclairé, plus heureux, que tous vos voisins sont vos enfants, quelle
douce extension de la paternité ! quelle magnifique récompense ! »

Maître Guillaume ne réussit pas moins avec le
château. Le baron d'Orgeval s'intéresse et s'oc-
cupe maintenant à l'exploitation de son domaine.
Il y fait exécuter de vastes défrichements, et,
grâce aux machines agricoles, inaugure dans le
pays la grande culture, il y fait élever des animaux
de race perfectionnée, qu'il propage dans la contrée. Déjà même il parle industrie. Philippe Mesnard, en sa qualité d'ingénieur, doit venir au printemps   prochain   pour   choisir l'emplacement,
donner le plan d'une usine.

Donc, Guillaume devrait être content, heureux,
joyeux. Tout au contraire, il semble découragé,
triste. Ses traits portent l'empreinte de la fatigue.
Il a pâli. Dans son regard, dans son sourire, une
souffrance cachée se devine.

En dépit de l'hiver, malgré les plus mauvais
temps, on le rencontre parfois dans la campagne,

seul et rêveur, paraissant se complaire au bruit des feuilles mortes que fait tourbillonner la bise. A quoi pense-t-il ? Qu'a-t-il ? Lui-même il ne saurait le dire, ou du moins il ne le veut pas.

Un soir de décembre qu'il s'en revenait ainsi, près du manoir d'Arsène Hardoin, il aperçut, reconnut Jean Margat.

Dans un bosquet, parmi des broussailles, comme en sa bauge, le Sanglier dormait profondément.

Son air de lassitude, ses haillons couverts de boue attestaient un long voyage.

Il ne pouvait être sorti de prison que depuis quelques jours. Sans doute il arrivait. L'accablement et, peut-être aussi, l'ivresse le plongeaient dans un de ces lourds sommeils que rien ne secoue. Autrement, cette bête fauve, toujours sur le qui-vive, eût déjà déguerpi.

L'instituteur, ne voulant pas le réveiller, s'éloigna sans bruit.

Au sommet d'une colline voisine, il se retourna.

Jean Margat était debout ; il regardait le manoir, en le menaçant du poing.

Cette fois encore, il n'avait pas aperçu Guillaume, jusqu'alors caché par les arbres.

Le maître d'école se jeta derrière une roche, examinant le bandit.

12

Celui-ci tournait autour du manoir comme autour d'une proie.

Un paysan vint à passer. Il disparut vivement sous bois.

S'il se cachait ainsi, ce devait être dans de mauvais desseins.

Guillaume se rappela que deux ans plus tôt, le matin du guet-apens dont il allait devenir victime, presque à cette même place, il avait vu Jean Margat reconduit par Arsène Hardoin.

L'avare, dans son âpre soif de vengeance, s'était oublié jusqu'à recevoir dans sa maison le maraudeur, qui peut-être y avait flairé un trésor.

L'instituteur résolut de prévenir Arsène Hardoin qu'il sentait menacé.

Il rebroussa chemin jusqu'à la porte du manoir; il y frappa plusieurs fois.

Personne ne répondit.

Passé certaines heures, l'usurier n'ouvrait plus sa porte.

Or, la nuit venait. Une froide et brumeuse nuit d'hiver.

A la lueur mourante du crépuscule, Guillaume écrivit sur une feuille de son carnet ces quelques mots :

« Méfiez-vous du Sanglier, il est de retour. »

Puis, il glissa ce billet sous la porte, et s'éloigna, mais non sans se dire à part lui :

« Je reviendrai demain. »

V

DOUBLE CHATIMENT

L'instinct de Guillaume ne l'avait pas trompé.

Du guet-apens tramé contre lui, de la visite à l'usurier par le bandit, datait la pensée d'un crime.

Il se fût accompli dès cette époque, si le voleur eût pu deviner où l'avare cachait son argent.

Un hasard fatal devait le lui apprendre.

Rôdant autour du manoir, Jean Margat y vit arriver une charrette, de laquelle on descendit un mystérieux ballot, soigneusement enveloppé de paille.

Il voulut savoir ce qu'il y avait sous cette paille; il suivit le charretier, lia conversation avec lui, le fit boire.

Arsène Hardoin venait de recevoir un coffre-fort ! On l'avait descendu dans le plus reculé des caveaux.

Par bonheur pour l'avare, son fils arriva. Le Sanglier crut prudent d'attendre le départ du zouave.

Martial était encore là, lors de l'arrestation de Jean Margat.

Pendant ses deux années de prison, il avait combiné, caressé son plan.

Il revenait pour l'exécuter.

Dès que l'argent serait en sa possession, il fuirait. Personne ne l'aurait vu, personne ne soupçonnerait son retour au pays.

Se cachant le jour, il n'avait voyagé que la nuit, sous bois, comme un loup.

A la dernière étape, chez un cabaretier sur la discrétion duquel il savait pouvoir compter, Jean Margat s'était rassasié, enivré. Puis, sa gourde pleine d'eau-de-vie, il avait repris sa course.

Mais déjà la nuit s'avançait. Lorsque le jour parut, le Sanglier venait d'atteindre la forêt, sa forêt. Peu lui importaient maintenant la lumière ou les ténèbres ! Il avait ses passées, ses chemins à lui. On ne l'y rencontrerait que s'il le voulait bien. C'était plus long, plus difficile, mais il ne désirait arriver au manoir que vers la nuit, en repartir aussitôt. Tout était calculé, sauf la fatigue et l'ivresse. Il vida sa gourde, et se laissa surprendre par le sommeil.

12.

En se réveillant, grande fureur contre lui-
même.

Il regarda de tous côtés, n'aperçut personne et
se rassura. Cependant un doute, une vague crainte,
lui restant dans l'esprit, il résolut de se hâter.
Tandis que Guillaume redescendait la colline vers
le manoir, Jean Margat, serpentant à travers les
halliers, tendait au même but.

Au bruit des coups frappés contre la porte par
l'instituteur, le bandit pressa le pas.

Il le vit crayonner sur son calepin, glisser un
billet dans la maison.

Si Jean Margat eût su ce que contenait ce billet,
Guillaume était un homme mort.

Mais le Sanglier, dans la croyance qu'il n'avait
pas été vu, s'imagina qu'il s'agissait de quelque
affaire d'intérêt, étrangère à son dessein. Mieux
valait ne pas se montrer. Il attendit.

Quelques minutes après le départ de l'instituteur, ce fut nuit close.

Une nuit noire.

A l'intérieur, aux alentours du manoir en ruines,
pas une lueur, aucun bruit.

Tout à coup, sur la lisière du bois, un léger
froissement se fit entendre, une étincelle jaillit.

Le voleur allumait une lanterne sourde.

La tenant d'une main, tenant de l'autre un long

couteau catalan à la pointe effilée, au tranchant double, il rampa vers le bas de la porte. Entre le bois et la pierre, on distinguait un coin de papier.

Avec la pointe de son stylet, Jean Margat parvint à le tirer au dehors. A la clarté de sa lanterne, un moment entr'ouverte, il y lut cet avertissement :

« Méfiez-vous du Sanglier, il est de retour. »

Le bandit écrasa entre ses dents un cri de rage ; il eut un bond pour se ruer à la poursuite de l'instituteur... mais il s'arrêta, maugréant à part lui :

« Trop tard !... imbécile ! ah ! si j'avais su !... Il m'a deviné, il me dénoncera... Raison de plus pour ne pas perdre de temps et filer raide... Allons ! »

Il ne semblait pas facile de pénétrer dans le manoir.

Dès l'approche de la nuit, l'avare s'y renfermai comme dans une forteresse. Aux portes, aux volets, partout des serrures, des verrous, des barres de fer.

Mais, nous l'avons dit plus haut, le repris de justice avait imaginé le moyen de réduire à néant toutes ces mesures défensives.

A côté du logis qu'habitait Arsène Hardoin,

parmi les ruines, s'élève une vieille tour tapissée de lierre.

S'accrochant à ce lierre, Jean Margat parvint jusqu'au faîte de la tour.

En face de lui, à la même hauteur, mais de l'autre côté d'un intervalle, d'un précipice de trois ou quatre mètres, se trouvait une cheminée, surmontant le pignon de la maison.

Le voleur défit une corde enroulée autour de sa ceinture.

A l'une des extrémités de cette corde, il y avait un crampon de fer.

Ce crampon de fer fut adroitement jeté dans l'orifice de la cheminée ; il s'y accrocha.

Après avoir, pour s'assurer de la solidité du crampon, tiré sur la corde, le bandit l'attacha, vers son milieu, à l'un des créneaux de la tour.

L'autre extrémité, longue d'environ cinq mètres, il la prit dans ses dents. Puis, se suspendant par les deux mains à la partie tendue, il passa dans le vide.

Telle était l'épaisseur du brouillard que, même à courte distance, on ne l'eût pas vu.

Il reprit pied sur le pignon, tira sur le côté flottant de la corde, défit ainsi le nœud du créneau, la ramena toute entière et la coula doucement dans la cheminée.

Puis après avoir changé le crampon de place, à la façon d'un ramoneur, il descendit dans la maison.

Personne dans la grande salle. Une obscurité complète.

L'agile voleur ralluma sa lanterne et regarda sans bruit.

La trappe, qui masquait l'entrée des caves, était soulevée.

Il s'allongea, se pencha vers l'ouverture béante, en retenant son souffle.

Un bruit souterrain s'entendait, s'approchait.

Bientôt une lueur parut, grandit, s'encadra dans la trappe.

Jean Margat referma vivement sa lanterne sourde, et, s'armant de son couteau, il attendit.

On montait l'escalier de la cave.

C'était Arsène Hardoin qui venait de souhaiter le bonsoir à ses écus.

Il s'éclairait d'une lampe rustique.

Au moment même où son pied se posait sur la dernière marche, il se sentit frappé d'un coup terrible entre les deux épaules.

La lame avait traversé sa poitrine.

En tombant, à la lueur de la lampe qui s'échappait de sa main, il aperçut, il reconnut Jean Margat.

« Bien touché ! dit l'assassin, tu n'as que ce que tu mérites. Souviens-toi du maître d'école que tu voulus me faire tuer pour vingt francs. Aujourd'hui, ce sera plus cher ; il me faut tout... Au trésor !.. »

En même temps, desdoigts crispés du vieillard, il arrachait le trousseau de clefs.

Il se précipita vers le caveau.

Arsène Hardoin semblait mort. Le regret, l'amour de son argent, galvanisa ce cadavre. Il se souleva, rampa vers l'escalier, roula jusqu'à la dernière marche, où, de nouveau, il s'évanouit.

Le meurtrier mit plus d'un quart d'heure à choisir les clefs, à ouvrir les portes.

Enfin la dernière lui céda. Il tremblait de colère et d'impatience.

A la vue du coffre-fort, il eut un rugissement de convoitise et de joie.

Puis, d'une voix saccadée, haletante :

« Du calme ! fit-il. Le trésor est là-dedans !... Une fortune !... A moi !... Je la tiens !... Ouvrons'!... »

D'une main fiévreuse, il cherchait le trou de la serrure.

Évidemment, aucune des grosses clefs du trousseau n'y pouvait aller.

« Je la trouverai sur lui ! pensa-t-il, cou-
rons ! »

A peine avait-il tourné la tête qu'il se rejeta en
arrière, la bouche béante, l'œil hagard, le corps
palpitant d'effroi.

Sa victime était là, devant lui. Elle se redressait
ensanglantée, livide comme un fantôme.

L'assassin se remit promptement de sa terreur.
Il comprit que l'avare s'était traîné jusqu'au caveau
pour revoir une dernière fois son argent, pour
demander grâce.

Il semblait implorer.

« Si tu me donnes cette clef, dit Jean Margat,
je ne t'achèverai pas... je te laisserai quelque
chose. »

Le vieillard porta convulsivement les mains à sa
poitrine.

Le voleur y vit briller une petite clef. Il s'en
empara. Puis, avec un cri de triomphe, il retourna
vivement au coffre-fort.

Tout aussitôt la physionomie du moribond se
transfigura. Un frissonnement ironique agita ses
lèvres, une flamme vengeresse s'alluma dans son
regard.

Il se penchait vers le voleur, il semblait l'exciter.

A peine la clef tournait-elle dans la serrure,

qu'une détonation retentit. Une machine infernale
venait de se démasquer, foudroyant à bout portant Jean Margat.

Il eut un cri de douleur et de rage, battit l'air
de ses mains, tourna sur lui-même et tomba, se
tordant, blasphémant dans les dernières convul-
sions de l'agonie.

Arsène Hardoin triomphait à son tour. Il
riait.

« Vengé ! dit-il, je meurs vengé ! »

.   .   .   .

Le lendemain, quand on retrouva les deux cadavres, l'avare avait les yeux tout grands ouverts ;
un rictus satanique s'était glacé sur ses lèvres ; il
semblait railler encore son ennemi.

Maître Guillaume, en les regardant, murmura :

« Si ces deux hommes avaient reçu une bonne
instruction religieuse ils n'en seraient pas arrivés
là ! »

.   .   .   .

L'abbé Denizet écrivit à Martial.

Le zouave était en Afrique, sur les confins de
la Kabylie. Sa réponse n'arriva que deux mois
plus tard. Le respect filial l'avait dictée. Il regret-
tait sincèrement de n'avoir pu rendre les derniers
devoirs à son père.

Quant à l'héritage, c'était le moindre de ses

soucis. Il priait le curé, le maire, de remplir en son absence toutes les formalités provisoires. Impossible, avant le printemps, d'obtenir un nouveau congé.

Vers les derniers jours d'avril, une seconde lettre du sergent arriva :

« J'allais me mettre en route pour le village, écrivait-il, mais voilà que nous avons la guerre en Italie. Changement de front ! ce n'est plus le moment de causer avec les notaires. »

Les deux mois qui suivirent furent des mois de victoires : Montebello, Palestro, Turbigo, Magenta, Marignan, Solférino ! Presque chaque dimanche, l'orphéon de maître Guillaume chantait un *Te Deum*.

Qu'était-il advenu du sergent Martial Hardoin ?

XXIII

VISITE D'UN AMI

Philippe Mesnard vient de descendre à la station. Vif, ardent, jovial, ce rude travailleur a su conserver toutes les illusions de la jeunesse. Sa nature impressionnable, expansive, le porte à voir tout en beau. On sent qu'il saura trouver au besoin de la gravité, de la volonté, être un homme, un ingénieur. En ce moment, ce n'est qu'un écolier en vacances ; il est tout au bonheur de revoir son ami.

Guillaume l'attendait à la gare, il l'a reçu dans ses bras.

Martin Fayolle arrivait par le même train ; il faut bon gré, mal gré, que les deux amis montent dans sa carriole.

Elle est un peu étroite, on se serre ; et la Grise part au trot.

Tout d'abord M. le maire, qui conduit, garde le

silence. Philippe et Guillaume babillent à qui
mieux mieux, se regardent, se serrent les mains.
Leur joie les enivre.

« Jarni ! dit enfin Martin Fayolle, c'est plaisir
de voir deux braves garçons s'aimer ainsi ! Mais
voilà déjà plusieurs fois que M. Mesnard parle
de services rendus, de reconnaissance. Qu'est-ce
donc que vous avez fait pour lui, maître Guillaume ?

— Quoi ! s'écria Philippe, vous ne savez
pas... »

Et sur l'insistance du maire, malgré les efforts
de l'instituteur, il s'explique ainsi :

« J'étais depuis six mois à peine à l'École centrale lorsque mon père mourut, complétement
ruiné. Impossible de continuer mes études ! il
fallait me résigner à n'être qu'un commis, un
artisan. Guillaume possède un petit revenu, il me
dit : « Prends-le ! Garde-le tant que besoin sera ! »
C'est à lui que je dois mon diplôme... et mon
bonheur... car j'ai voulu te l'apprendre moi-
même, Guillaume, je me marie !... Un beau mariage !

— De l'argent ? fit le maire.

— Et mieux encore, conclut l'ingénieur, toutes
les sympathies du cœur !

— Mes compliments ! reprit Martin Fayolle.

Mais quel sournois que ce maître Guillaume ! il ne nous avait pas dit qu'il eût des rentes.

— Oh ! douze cents francs, fit l'instituteur.

— Ça vaut mieux que rien ! répliqua le maire. Hue donc la Grise ! »

On arrivait au sommet de la côte.

« Philippe, demanda Guillaume, comment trouves-tu le pays ?

— Superbe ! s'écria Mesnard avec enthousiasme. Ah ! ah ! voici la rivière... excellente situation pour l'industrie ! Ne parle-t-on pas d'un nouvel embranchement qui suivrait cette vallée ? Ce serait une garantie de succès, la fortune !

— Dès ce matin, dit l'instituteur, je te présenterai au baron.

— A tout seigneur tout honneur ! fit Martin Fayolle. Mais après le château, la ferme. N'oubliez pas que vous y dînez tous les deux. »

Quelques minutes plus tard, Philippe embrassait cordialement la Simonne.

« Je vous avais reconnue, lui dit-il, au portrait tracé par Guillaume... et je vous aime déjà tout plein, maman... Tant pis, ma foi ! j'ai dit le mot... c'est mon droit, votre fils et moi nous sommes frères ! »

On prit le chemin du château.

Le jeune ingénieur plut tout de suite au baron d'Orgeval.

Il le mena sur le terrain, lui demanda son avis. Tout un projet sortit, comme par enchantement, du cerveau de Mesnard. L'intelligence, la conviction brillaient dans ses yeux. Cette usine, qu'il décrivait de la voix et du geste, on la voyait pour ainsi dire s'élever, fonctionner à son commandement.

« Souhaitez-vous des actionnaires, conclut-il, vous aurez Guillaume et Martin Fayolle. Nous dînons chez lui, je m'en charge. Vous faut-il un directeur, me voici. L'affaire me paraît si belle que, s'il le faut, j'y mettrai la dot de Charlotte... Oh ! pardon, vous ne savez pas... C'est ma fiancée... Dans un mois, elle sera ma femme.

— Je ne dis pas non ! fit en souriant le vieux gentilhomme, mais d'abord il me faudrait un plan, un devis...

— J'ai huit jours de vacances ! répliqua l'ingénieur ; en travaillant jour et nuit, nous y arriverons. »

A la ferme, il déploya même entrain, même verve entraînante. Claudine, d'abord un peu timide, se familiarisa promptement avec lui. Quant à Martin Fayolle, déjà sa conquête était faite. Il acclama le projet d'usine.

« Jarnigoi ! vous avez eu raison de m'engager.
Je ne m'en dédirai pas... j'en suis ! »

Philippe se retira enchanté, surtout de Claudine.

« Est-elle charmante ! disait-il. Je croyais qu'il
n'y avait au monde qu'une Charlotte, il y en a
deux ! Guillaume, c'est un trésor que tu as trouvé
là !.. une vraie femme !... »

Guillaume ne répondit pas. Il paraissait souffrir.

« Qu'as-tu donc ? demanda Philippe.

— Rien ! C'est l'heure de ma classe, et...

— Soit ! au travail ! Je n'ai pas de temps à
perdre, si je veux tenir ma promesse au baron.
Tu vas me donner du papier à dessin, des crayons,
de l'encre de Chine, des couleurs... Tout en
riant, je ne perds pas de vue mon projet, je le
rumine... Mais oui, sitôt qu'un problème se pose
devant moi, sitôt qu'un obstacle se rencontre en
mon chemin, je l'étudie, je l'attaque et, surtout quand le cœur est en jeu, il faut que j'en
vienne à bout. C'est mon état, je suis ingénieur. »

En parlant ainsi, Mesnard avait un sourire
étrange. Dans ses yeux se lisaient la perspicacité,
la volonté. Il regardait Guillaume.

Dès le soir même, le plan s'ébauchait. Il marcha grand train.

Philippe était doué d'une activité prodigieuse. Il avait le génie et l'impatience de la création. Tandis que Guillaume faisait sa classe, il se tenait dans la mansarde, penché sur ses grandes feuilles de papier, les couvrant de dessins et de chiffres. Pendant les récréations, il se faisait accompagner par Guillaume sur le terrain, voulant qu'il l'aidât dans toutes ses opérations d'arpentage et de nivellement. Le soir, jusque fort avant dans la nuit, il lui imposait des croquis, des calculs. « Ah ! ah ! lui disait-il, nous ne sommes pas ici pour nous amuser ! Il y va de la prospérité de la commune et, par conséquent, de ton bonheur. Voilà ce qui me passionne. Je t'ai rendu ton argent, reste à te payer ma dette. Tu es dans mes plans, dans tous mes plans. J'ai plus d'un X en tête... ne m'interroge pas, et pioche avec moi, pékin !... c'est pour toi surtout que je bûche ! »

Il n'en trouvait pas moins le temps d'aller au château, à la ferme. Le baron le prenait en amitié ; le maire en raffolait et souvent lui rendait visite. L'ingénieur semblait prendre un plaisir tout particulier à la conversation de Martin Fayolle, à celle de Claudine.

Avec Guillaume, il parlait surtout de Charlotte,

de ses projets et de son prochain mariage. L'instituteur eût préféré tout autre entretien. Il devenait sombre, il pâlissait, il soupirait. Un jour, presque avec un cri de souffrance, il s'écria :

« Je t'en supplie, Mesnard, parlons d'autre chose ! Je suis jaloux de ton bonheur, je te l'envie... moi, pour qui pareille joie n'est pas réservée... moi qui ne me marierai jamais !

— Pourquoi donc ? » fit l'ingénieur, qui, loin de céder à la prière de son ami, sembla prendre un malin plaisir à continuer ce jeu cruel. Peut-être voulait-il, en le torturant, lui arracher son secret.

Guillaume garda le silence, il s'éloigna.

« Oh ! je te ferai bien parler ! » murmura Philippe.

L'avant-veille du jour fixé pour son départ, les deux amis se promenaient dans la campagne. C'était vers la fin de juin, par un splendide coucher de soleil. La nature, dans tout son épanouissement, avait cette douce sérénité, cette poésie pénétrante que lui donne la dernière heure du jour. Déjà l'ombre grandissait dans les vallons ; les coteaux resplendissaient encore de lumière. Ici, c'était du feu ; là, de l'or. On entendait ces vagues rumeurs qui sont la symphonie du crépuscule. Une brise, tout imprégnée de parfums, arrivait de

la forêt. La rivière miroitait à travers les saules.
Dans cette chaude atmosphère, dans ce paysage
en fermentation, on sentait partout le travail de la
vie, l'irrésistible loi de la nature.

« Je comprends que tu veuilles rester ici ! dit
Philippe.

— Non ! répliqua brusquement Guillaume, qui
semblait irrité, comme à bout de courage. Non,
j'ai changé d'avis... On m'offre une place plus
avantageuse... J'ai consenti... je partirai...

— Quoi ! fit Mesnard, tu abandonnerais ton
village !... le bonhomme Martin !... Claudine ! »

En ce moment même, dans le lointain, au bord
de l'eau, Claudine vint à passer, tellement absorbée
dans sa rêverie, qu'elle ne paraissait rien entendre
ni rien voir.

« Elle t'aime comme une sœur ! dit Philippe.

— Une sœur ! s'écria Guillaume, dont le cœur
enfin se brisait. Oui ! Claudine est ma sœur... et
voilà ce qui me désespère, ce qui me tue ! Tu
as voulu tout savoir, tu sauras tout... Je souffre...
En restant ici, je parlerais... l'honneur me le
défend... Claudine ne peut être à moi... Si je
veux partir, c'est que je l'aime autrement qu'un
frère ! »

Il se cacha le visage dans ses mains, il éclatait
en sanglots.

« Allons donc ! » murmura Philippo.

Et d'un air de commisération profonde, avec une larme, avec un sourire, il ajouta :

« Pauvre garçon ! »

XXIV

AU BORD DE LA MER

Au bord de la Méditerranée, sous les tamaris en fleurs, deux femmes sont assises.

L'une a dix-huit ans. Bien qu'un peu frêle encore, elle fait honneur à ce beau climat qui lui a rendu la santé. Elle est vraiment jolie. C'est Gratienne.

L'autre, vous ne la reconnaîtriez pas... C'est Nanon.

La crise morale qu'elle a traversée, ses angoisses, ses remords avaient miné sa vie. Tant qu'il a fallu lutter pour conserver les jours de sa fille, elle est restée debout, active et vaillante. A mesure que renaissait Gratienne, on l'a vue s'affaisser, dépérir. Maintenant elle se meurt.

Hyères est la plus charmante ville du monde, pendant l'hiver. Il faut la fuir quand vient l'été. D'après l'avis des médecins, les deux étrangères

se sont installées à la campagne, dans cette bastide que l'on distingue à travers les pins. Chaque
soir, on transporte la malade au bord de la grève ;
on l'assied sur un fauteuil de jonc, à l'ombre des
ruines de Pomponia, l'ancienne cité romaine. Là.
rafraîchie par la brise, bercée par le murmure du
flot, elle s'endort. Gratienne, en travaillant, veille
sur elle.

Le soleil du midi semble avoir desséché la
pauvre Nanon, tant sa maigreur est effrayante.
Elle a le teint olivâtre d'une vieille gitane. Du fond
de leur orbite encore plus sombre, ses yeux res-
sortent, presque visibles à travers les paupières
comme transparentes. Son corps à l'abandon, ses
longues mains décharnées ont des frissons de
fièvre. Dans son sommeil agité, parfois une plainte,
un cri lui échappe.

Gratienne, alors, la regarde avec une solicci-
tude inquiète, avec une tendre pitié. Elle murmure
quelques mots de prière, essuie une larme roulée
sur sa joue, puis se remet à l'ouvrage. Elle tres-
saille au moindre bruit qui pourrait réveiller sa
mère.

Tout à coup, la Nanon se prit à gémir, à se dé-
battre, comme sous l'oppression d'une douleur
plus aiguë, d'un effrayant cauchemar. Elle rouvrit les yeux, aperçut Gratienne qui s'était age-

nouillée devant elle, et, l'embrassant avec joie, s'écria :

« Ah ! ce n'était qu'un rêve !... mais il m'a fait bien mal !... Figure-toi, mon enfant, que je croyais t'avoir quittée, être morte !... Ah ! non pas encore! pas encore !

— Ma mère! ma bonne mère !• balbutiait Gratienne en s'efforçant de la rassurer, de la consoler.

La malade enfin se calma. Mais, toujours obsédée par la même pensée :

« Que deviendrais-tu si cela arrivait? murmurat-elle. Voilà ce qui me tourmente, ce qui m'effraye... Te laisser seule ! toute seule !...

— Mais tu ne me quitteras pas, ma mère !... tu m'as sauvée, je te sauverai ! ne songe donc pas à cela...

— Si fait, mon enfant, j'y songe... et sans cesse !... Ici tu pourrais vivre de ton travail !... Là-bas, au pays, il y a Martin Fayolle et Claudine... Mais un si long voyage !... Ou bien l'isolement!... sans compter ton chagrin !,.. Ah! que je voudrais te voir un protecteur, un ami ! »

A quelques pas, dans les ruines, une voix s'écria :

« Un ami ! Présent!... Me voilà ! »

Les deux femmes, étonnées, regardèrent.

Un jeune homme, portant l'uniforme de sous-lieutenant, s'avançait vers elles.

Sur sa poitrine, on voyait la médaille militaire, celle de Crimée, la croix d'honneur.

Il l'avait chèrement payée ; sa manche droite était vide.

« Martial Hardoin ! fit en le reconnaissant la Nanon.

— A la bonne heure ! répondit-il. J'espère que cette fois-ci vous ne m'éviterez pas. Bonsoir, madame Gervais ! Ne voyez-vous donc pas que je vous tends la main?... La main gauche, par exemple ; les Autrichiens ne m'ont laissé que celle-là.

— Quoi! murmura-t-elle en y mettant la sienne, c'est toi, mon pauvre garçon...

— Retour d'Italie ! répliqua gaiement le zouave. Après Magenta, l'épaulette. Après Solférino, décoré, mais amputé... Ni, ni, c'est fini pour la gloire ! serviteur, mademoiselle Gratienne... Et mon compliment... C'est vous qui êtes changée à votre avantage !... Quelle jolie fille !... Je le regrette.

— Pourquoi donc ? demandèrent la fille et la mère, également surprises.

— Une idée à moi ! » fit Martial qui avait rougi.

Puis, regardant de nouveau Gratienne:

« Vous ressemblez à quelqu'un que je n'ai pas oublié ! reprit-il avec émotion, et ça me remue le cœur ! Mais il fait encore plus chaud ici que chez les Italiens... Permettez-moi de m'asseoir à l'ombre.

— Gratienne,.dit la Nanon, cours à la bastide, et rapporte quelques rafraîchissements pour M. Martial...

— Ça n'est pas de refus ! fit le zouave. D'autant plus que nous avons à causer tous les deux votre mère et moi... »

C'était bien aussi le désir de la Nanon.

La jeune fille s'éloigna.

« Pour lors, dit Martial, j'avais reçu une lettre de là-bas, par laquelle Martin Fayolle m'apprenait que vous étiez à Hyères, et pas bien portante. Je vois qu'on ne m'avait pas trompé, j'ai tout entendu. Pauvre Nanon !... Mais pas d'attendrissement ! Je vous apporte peut-être bien un cordial qui vaudra mieux pour votre rétablissement que toutes les drogues des apothicaires !

— Expliquez-vous, murmura-t-elle.

— Tutoyez-moi donc, demanda-t-il, ça me mettra plus à mon aise. Vous aviez commencé tout à l'heure... Et là, vrai, ce n'est pas mal embarrassant ce que j'ai à vous dire.

— Du courage ! voyons, je t'écoute !

— On m'a donc débarqué à Toulon, reprit-il, à
deux pas d'ici, comme par un coup du sort... J'espère que vous vous souvenez de votre défunt
mari, le père de la petite...

— J'irai bientôt le retrouver ! fit-elle, en le-
vant les yeux vers le ciel.

— Espérons que non ! poursuivit-il, et figurez-
vous, tout au contraire, que c'est lui qui descend
de là-haut, qui vous dit : Martial Hardouin est un
brave garçon. Un bras de moins, d'accord ! mais
un joli grade et des joujoux honorifiques au-dessus
du cœur. De plus, son père doit lui avoir laissé une
certaine fortune. Ce serait un bon parti, s'il était
au grand complet. Il s'en faut de peu. Comprenez
donc, sans périphrases, que... à la rigueur... je...
enfin... »

Le zouave commençait à s'embrouiller.

« Tonnerre ! s'écria-t-il, c'est plus difficile que
je ne pensais ! »

Puis, brusquement :

« Savez-vous pourquoi je regrettais tout à l'heure
que Gratienne fût aussi jolie ? Ah ! ah !... si elle
était bossue, ou tout au moins borgne et grêlée,
ça irait tout seul ! Car croyez-vous, nous autres
soldats, quand nous avons fait une promesse à un
camarade mourant, rien ne nous coûte pour obéir
à la consigne. Bref, telle qu'elle est, vous ne vou-

driez pas la laisser toute seule dans la vie... Ça vous soulagerait l'âme, de lui laisser un protecteur, un soutien... Nanon, voulez-vous me la donner pour femme ?

— Martial ! s'écria-t-elle, quoi ! tu ferais cela !...

— Si vous voulez bien le permettre, conclut-il. J'aimais son père, je l'aimerai... Devant Dieu, je jure de me dévouer à la rendre heureuse. »

La franche émotion du soldat, son attitude, son regard garantissaient la loyauté de son serment.

Nanon venait de lui saisir la main, elle y colla ses lèvres.

« Ah ! Martial ! Martial, sois béni !

— Vous consentez donc ?

— Moi, oui... mais elle...

— Je comprends. Voilà le *hic !* L'aveu n'a pas été sans peine avec vous, Nanon. Jugez ce que ce serait avec elle ! Faut vous en charger... en douceur. Prenez tout votre temps... je vous donne huit jours. La voici qui revient, *motus !* »

Gratienne ne fut pas sans remarquer la joie de sa mère, l'embarras du sous-lieutenant ; un secret instinct l'avertit qu'il avait été question d'elle. On causa. Martial reprit quelque entrain. Jamais

Nanon n'avait été aussi gaie, jamais Gratienne aussi souriante.

La nuit venant, le zouave offrit son bras à la malade.

« Côté gauche, lui dit-il, côté du cœur ! Le sentez-vous battre, Nanon ? Ayez confiance ! »

Gratienne avait pris les devants.

« Oui ! oui ! murmura la pauvre mère, je lui parlerai dès ce soir. Dès ce soir, écris là-bas pour avoir les papiers nécessaires... Oh ! je ne voudrais pas mourir avant que vous ne soyez unis !

— A Dieu ne plaise ! répondit Martial, mais quand bien même vous pourriez assurer à Pierre Gervais que Martial lui tiendra parole ! »

XXV

LA RÉCOMPENSE

Philippe Mesnard va repartir dans quelques heures. Guillaume a promis de l'accompagner.

Par la même occasion, il ira jusqu'au chef-lieu. Il y réglera définitivement son changement de résidence.

C'est un jeudi, après la classe.

En été, d'ailleurs, l'école ne se tient pas aussi rigoureusement. On est en pleine fenaison. Les écoliers sont utiles dans la prairie; ils ne demandent qu'à déserter les livres et les plumes pour la fourche et le rateau.

Guillaume a sollicité de M. le maire un congé de deux jours, et de M. le curé l'exemption du service dominical à l'église.

C'est le lundi seulement qu'il doit revenir.

Il ne reviendra pas.

Sa démission est encore un secret pour tous, excepté pour Philippe Mesnard.

Lors de sa dernière visite, l'abbé Denizet et Martin Fayolle lui ont trouvé un air étrange. C'est avec une émotion péniblement contenue qu'il a serré la main du fermier et celle du vieux prêtre. L'un et l'autre ils ont eu cette même phrase :

« Mais qu'avez-vous donc, maître Guillaume ? On dirait un adieu... »

Se défiant de son courage, il ne voulait pas revoir Claudine. Elle a su qu'il allait s'absenter pour quelques jours, elle est venue à la maison d'école.

« C'est mal ! lui a-t-elle dit. Voici la première fois depuis quatre ans que nous serons séparés ; vous ne m'en parliez pas !

— Je comptais vous voir demain matin, répondit-il. Ce n'est pas une séparation. Quand bien même j'irais au bout du monde, quand bien même ce serait pour toujours, ma pensée resterait auprès de vous. »

Après l'avoir regardé en silence, Claudine murmura :

« Comme vous me dites cela tristement !... Il y a des larmes dans vos yeux !... Pourquoi rougissez-vous ? Ah ! voilà maintenant que vous devenez tout pâle... »

Guillaume s'efforça de sourire, il détourna l'entretien, feignant une grande satisfaction d'aller à la ville. Il en rapporterait des livres nouveaux, de la musique, tout ce qui pouvait plaire à Claudine.

Elle n'était qu'à demi rassurée lorsqu'elle se retira.

« Songez-y, lui dit-elle, je vous en voudrais beaucoup si vous me cachiez un chagrin. Ne suis-je pas votre sœur ?... Pour sa sœur, un frère ne doit pas avoir de secret. Vous désirez, n'est-ce pas, que je sois contente, heureuse ? Je ne saurais l'être, Guillaume, que si vous êtes heureux.

— On est toujours heureux, répondit-il, lorsqu'on a fait son devoir. Ne vous inquiétez pas de moi. A bientôt ! »

En même temps, il la reconduisait.

Sur le seuil, Claudine se retourna.

« Quoi ! fit-elle, vous ne m'embrassez pas ? »

Elle lui présentait le front.

Il y mit ses lèvres, et, la saluant de la main, rentra vivement dans sa classe.

Mais tout aussitôt, il courut vers la fenêtre et, soulevant un coin du rideau, il regarda Claudine qui s'éloignait à pas lents.

Avant de disparaître, elle se retourna plusieurs fois.

Lorsque Guillaume la perdit de vue, avec un
geste de désespoir, avec un sanglot étouffé, il
murmura :

« Adieu, Claudine ! Adieu pour jamais ! Tu me
pardonneras un jour en comprenant que je me suis
conduit en honnête homme ! »

Restait à prendre congé de la Simonne.

Après souper, en présence de Mesnard, il lui
dit :

« Ma mère, si par hasard on me retenait là-
bas... Vous savez, on m'a souvent offert de l'a-
vancement... Philippe m'a démontré que je devais
avoir un peu d'ambition... Je compte voir mes
supérieurs... Avant d'accepter un autre poste, je
voudrais être certain que vous m'y rejoindriez, ma
mère.

— Où tu me diras d'aller, mon enfant, j'irai,
répondit la Simonne. Tout ce que te demande ta
vieille amie, c'est de passer ses derniers jours
auprès de toi. »

Après l'avoir remerciée de cette marque de dévouement, après lui avoir recommandé le silence,
Guillaume l'étreignit sur son cœur et remonta dans
sa mansarde.

Philippe l'y suivit.

Il venait d'échanger un regard avec la Simonne.

.   .   .   .

A peine la porte se fut-elle refermée, que Guillaume s'assit devant la table où, d'ordinaire, il travaillait.

« Tu peux te coucher, dit-il à Mesnard, j'ai à écrire.

— Longtemps ?

— Une partie de la nuit, peut-être.

— Alors, comme je n'ai pas encore sommeil, je m'en vais fumer un cigare à la belle étoile. »

Philippe ne rentra que fort tard.

Guillaume écrivait toujours.

A l'abbé Denizet, à Martin Fayolle, à Claudine.

Cette dernière lettre fut la plus longue. Souvent il avait dû s'interrompre pour essuyer une larme.

L'ingénieur dormait les poings fermés.

« Il est heureux, lui ! murmura Guillaume, il sera l'époux de Charlotte ! »

Et le coude sur la table, le front dans sa main, il évoqua le souvenir de tout ce qui s'était passé, de tout ce qu'il avait rêvé depuis le jour de son arrivée au village.

Vers les premières lueurs de l'aube, épuisé par tant d'émotions, succombant à la fatigue, il sommeillait fiévreusement.

Le bruit des sabots de ses écoliers le réveilla.

Il descendit et commença sa classe comme d'habitude.

Jamais on ne l'avait vu plus affectueux, plus
paternel. Plusieurs fois, il répéta aux enfants de se
bien conduire en son absence, de rester fidèles à
ses leçons. Il serrait la main des plus âgés, il embrassait les plus jeunes.

Lorsqu'ils sortirent enfin, émus de tant de
bienveillance, joyeux de leurs trois jours de liberté,
l'instituteur remplit et boucla sa valise, qu'il avait
descendue le matin.

L'instant du départ approchait.

Philippe était allé prendre congé du baron d'Orgeval.

Tout à coup, Martin Fayolle parut sur le seuil,
une lettre à la main.

« Qu'est-ce que j'apprends, maître Guillaume ?
Ce départ, c'est pour toujours ?... vous désertez,
vous abandonnez la commune !

— Ah ! s'écria l'instituteur, Philippe m'a
trahi !...

— N'accusons pas l'ingénieur, répliqua le maire;
c'est M. le préfet lui-même qui vous a dénoncé...
Voici sa lettre !... Ah ! mais non, ça ne se passera
pas ainsi !... Nous vous retiendrons de force, oui-
dà !... J'ameuterais plutôt tout le village. »

Guillaume l'arrêta.

« Je vous en supplie, monsieur le maire, écoutez-moi !... C'est à votre raison, c'est à votre

justice que je m'adresse... Il y va de mon intérêt, de mon avenir... Ne m'avez-vous pas répété vous-même, et bien des fois, que je me sacrifiais en restant ici... Je veux gagner plus d'argent, monter en grade... A mon tour, je suis ambitieux... Un autre vaudra tout autant que moi... N'insistez pas, c'est résolu ! »

Guillaume, domptant son émotion, se roidissait dans sa volonté. Il avait dans l'attitude, dans le regard, une détermination irrévocable.

« Au moins, reprit Martin Fayolle, retardez votre départ jusqu'au mariage de ma fille.

— Ah ! fit l'instituteur, qui tressaillit et devint blême, ah ! Claudine se marie ?...

— Il le faut bien ! répliqua le père d'un ton bourru. Moi, je ne voulais pas... La franchise avant tout !... Mais on m'a tant remontré depuis deux jours que ce mariage-là ferait son bonheur...

— Son bonheur ! répéta Guillaume, quel est donc le gendre que vous avez choisi ?

— Ah ! ah ! les concurrents ne manquaient pas ! poursuivit Martin Fayolle. Tous les fils de nos riches cultivateurs des alentours... et ça m'allait fort, car je veux que mon gendre fasse de la culture. Il me l'a promis.

— Ce n'est donc pas le notaire ?...

14

— Non. Il ne tenait qu'à nous cependant, Claudine pouvait devenir une bourgeoise et se pavaner au premier rang des dames de la ville. M'est avis même que le fils du baron d'Orgeval ne demanderait pas mieux que d'en faire une baronne. Tout comme une autre elle brillerait à Paris ! Mais non, ses idées sont ailleurs... Elle ne veut épouser que celui qu'elle aime.

— Elle aime quelqu'un ! s'écria Guillaume, qui, ne se maîtrisant plus qu'avec effort, endurait le martyre.

— Oui, » fit le père.

A l'horloge de l'école, midi sonna.

« Mesnard m'attend, balbutia l'instituteur, je dois partir...

— Un moment donc ! interrompit Martin Fayolle. Elle veut vous montrer elle-même celui qu'elle a choisi. Elle s'avance à sa rencontre... Elle lui tend la main... »

Puis, saisissant Guillaume par les deux épaules, et le retournant de force vers l'autre côté :

« Mais regardez donc par là, mon gendre !... Et comprenez enfin la récompense que vous offre Martin Fayolle ! »

Guillaume crut rêver.

Claudine était là sur le seuil de la chambre de la

Simonne. C'était vers lui qu'elle s'avançait, c'était à lui qu'elle tendait la main.

« Guillaume, lui dit-elle, ne partez pas... je serai votre femme...

— Avec la permission de M. le maire, » s'écria Martin Fayolle.

Et, poussé par lui, l'instituteur, palpitant de joie, vint tomber aux pieds de Claudine.

Heureuse et fière, elle ne songeait pas à baisser ses grands yeux noirs. De pudiques larmes les voilaient. Son sourire était divin. Jamais elle n'avait été plus belle.

Un peu plus loin, la Simonne, s'agenouillant, remerciait le bon Dieu.

L'abbé Denizet, son ministre, bénissait les fiancés.

Enfin, Philippe Mesnard, qui sans doute les avait tous réunis, tous amenés là, se frottait les mains en se disant :

« Voilà ce que c'est que d'être ingénieur ! »

ÉPILOGUE

—

Rappelez-vous le commencement de ce récit, le village où maître Guillaume arrivait.

Il n'est pas reconnaissable.

C'était jadis une cinquantaine de misérables chaumières. On y compte aujourd'hui près de deux cents maisons, soigneusement entretenues, des plus riantes.

Cet accroissement de population s'explique par les usines qui s'élèvent au bord de la rivière.

Il y a d'abord le vaste établissement du baron d'Orgeval, grand industriel, grand agriculteur, député de l'arrondissement.

Son fils, qui vient de se marier, marche sur ses traces.

Viennent ensuite les fabriques de Martin Fayolle, de Martial Hardoin, de Philippe Mesnard.

Une ligne de chemin de fer, qui traverse le pays, contribue puissamment à sa prospérité.

L'industrie ne porte aucun préjudice à l'agriculture, bien au contraire. Tout est défriché, tout rapporte. On ne saurait voir des champs mieux cultivés, des cultivateurs plus intelligents. Au lieu de travailler comme des mercenaires, comme des rustres, ils se rendent compte de chaque amélioration nouvelle ; ils s'appliquent sans relâche à retirer de la terre des produits plus abondants, et le succès de leurs efforts les encourage à pousser pour améliorer sans cesse. Ils raisonnent, ils lisent ; ils ont leur part de toutes les jouissances intellectuelles ; ils sont heureux et fiers d'être des paysans.

Aussi ne les voit-on plus aspirer à devenir des bourgeois, des messieurs de la ville, ou pour mieux dire des saute-ruisseau, des commis. Leur état, leur village est devenu attrayant pour eux. Ils savent que le vrai bonheur est là.

Il est surtout à la grande ferme. Là se groupent, autour du vieux Martin Fayolle, trois francs amis : Martial, Philippe et Guillaume ; trois charmantes jeunes mères : Charlotte, Gratienne et Claudine ; un joyeux essaim de beaux enfants qui tous l'appellent grand-papa Martin. C'est comme un tableau de Greuze.

Souvent on y rencontre le bon curé Denizet. Heureux de voir sa chère paroisse où tout le monde a reçu, non-seulement l'instruction, mais encore l'éducation ; où règnent les bonnes mœurs, le respect de Dieu et de la foi, le digne prêtre répète en montrant Guillaume :

« Tant vaut le maître, tant vaut l'école ! tant vaut l'école, tant vaut le village ! »

Il y a maintenant plusieurs sous-maîtres et sous-maîtresses ; mais Guillaume est toujours l'instituteur, Claudine toujours l'institutrice. Ils ont ce principe :

« Alors même que l'on n'a plus besoin de travailler pour soi, le devoir est de travailler pour les autres. »

FIN. (1)

1. Au moment où déjà ce livre était sous presse, M. Adolphe Favre nous informe qu'il a publié un volume sous ce même titre, bien que n'étant pas écrit dans le même esprit. Nous lui en donnons acte, et c'est un écrivain d'assez de talent pour que notre *Maître Guillaume* ne fasse pas de tort au sien. Nous souhaitons tout le contraire.

TABLE